植物恋上诗

李尚斌 —— 著

清华大学出版社

北京

图书在版编目（CIP）数据

植物恋上诗 / 李尚斌著 . -- 北京 : 清华大学出版社 , 2025. 7.
ISBN 978-7-302-69932-3

Ⅰ. I267

中国国家版本馆 CIP 数据核字第 2025PF5820 号

责任编辑：左玉冰
装帧设计：方加青
责任校对：王荣静
责任印制：丛怀宇

出版发行：清华大学出版社
　　　　　　网　　　址：https://www.tup.com.cn，https://www.wqxuetang.com
　　　　　　地　　　址：北京清华大学学研大厦 A 座　　邮　　编：100084
　　　　　　社 总 机：010-83470000　　　　　　邮　　购：010-62786544
　　　　　　投稿与读者服务：010-62776969，c-service@tup.tsinghua.edu.cn
　　　　　　质 量 反 馈：010-62772015，zhiliang@tup.tsinghua.edu.cn
印 装 者：北京瑞禾彩色印刷有限公司
经　　销：全国新华书店
开　　本：148mm×210mm　　　　**印　　张：**8.75　　　**字　　数：**184 千字
版　　次：2025 年 9 月第 1 版　　　**印　　次：**2025 年 9 月第 1 次印刷
定　　价：69.80 元

产品编号：108006-01

推荐序

在草木与诗行间，重获观看世界的灵性

翻开《植物恋上诗》的瞬间，我仿佛看见一位当代的"采诗人"正提着竹篮行走在时间的旷野上——她的篮中盛放的，不是果实，不是药材，而是被科学之光照亮的植物形貌，以及在古典诗行中沉睡了千年的草木精魂。作者以八年光阴、百余次俯身大地的虔诚书写，完成了一次科学与人文的壮丽"嫁接"，让这本沉甸甸的书卷成为喧嚣时代里一剂唤醒灵性的良方。

这是一次对传统草木诗学的"科学解码"。

古人观物取象，草木入诗，往往取其神韵而略其形骸。我们吟诵"颜如舜华"，却未必知晓那朝开暮落的木槿花如何用短暂的生命燃烧美丽；沉醉于"濯清涟而不妖"的意境，却少有人深究莲的茎叶如何在淤泥中构建洁净的生态逻辑。《植物恋上诗》的独特价值，正在于它用精准的生物学目光，为那些被诗意笼罩的植物"祛魅"，又在"祛魅"之后，以更深的敬畏为它们"复魅"。作者踏遍山野，只为确认一株"聚花过路黄"如何在贫瘠的路畔悄然点亮春天；她凝视泡桐在清明时节的绽放，不仅为印证"桐始华"的物候智慧，更在紫色花云中读懂了古人如何借一朵花感知天地呼吸的韵律。当石蒜"煌煌五枝灯"般的奇异花序被科学解剖，我们反而更能惊叹诗人比喻之精妙——科学认知非但没有消解诗意，反而为古老的意象注入了更具象的生命力，让诗行如根须般深深扎入现实的土壤。

这是一场穿越千年的"草木与诗人的灵魂对话"。

书中每一篇章都是一次精心安排的相遇：芭蕉宽大的叶脉承接着李清照"窗前谁种芭蕉树"的雨滴清响；松树凌寒不凋的针叶映照着李白笔下"愿君学长松"的铮铮风骨。

作者以田野为笺，以草木为墨，邀请屈原的橘树、陶渊明的秋菊、杨万里的新柳，重新回到它们所歌咏的植物本体身旁。这种"重逢"，不是简单的注释与附会，而是以亲历者的目光，在植物真实的生存现场，与诗人的心灵遥相叩问——当她在清澈的池塘中触摸参差荇菜柔韧的茎叶时，她触摸的何尝不是《关雎》中那份流转千年的情思？这种基于实证的文学解读，让纸上的诗篇重新拥有了温度、湿度、触感，甚至呼吸的频率。

这更是一本引导现代人"重获观看之道"的启示录。

在信息爆炸却感知力退化的时代，《植物恋上诗》提供了一种珍贵的"慢观"范式。它教会我们：认识一朵花，不仅要知晓它的科属、花期、分布，更要学会像古人一样，凝视它在晨光中的姿态，聆听它在夜雨中的低语，感受它如何与节气共舞，又如何承载人类共通的情感密码。作者八年的坚持本身，就是对抗浮躁的一则寓言——唯有将双足深扎泥土，让目光长久驻留，才能让麻木的感官重新苏醒，从一片芭蕉叶的摇曳中读懂天地书写的诗行。

　　《植物恋上诗》是一本"活"的书。它的"活",在于草木生生不息的脉动,在于诗词穿越时空的呼吸,更在于作者将自身全然投入观察与书写时所迸发的生命热忱。它提醒我们:真正的诗意不在远方,它就在脚下的一株野草、窗外的一树桐花之中;真正的智慧,亦非玄思,而在于能否以谦卑之心,向一株植物学习存在的哲学。

　　愿每一位打开这本书的读者,都能跟随作者的足迹与文笔,在科学与诗意的交汇处,重拾那份观看世界的惊奇之心与温柔之力。当您合上书页,您眼中的草木,必将从此不同——因为您已学会,如何让一株草、一朵花,为您轻声吟诵千年的诗篇。

黎维平 *

于岳麓山下

二〇二五年夏

---

* 湖南师范大学植物学教授、博士生导师、湖南省生物竞赛委员会总教练。

前　言
草木含情处，诗心栖居时

一花一世界，一叶一菩提。在《诗经》的河流里，荇菜随水漂摇；在刘禹锡的庭院中，苔痕染绿阶石；周敦颐独爱莲之出淤泥，杜牧喜见紫薇笑对秋露……千百年来，草木以其无言的生命姿态，悄然栖息于华夏诗行的缝隙，在墨香中生根发芽，化作文明深处最幽微也最恒久的回响。

我关注诗里的植物，源于 2009 年。当时我与一位语文老师邻座，她在进行《诗经》这一单元教学的时候，常常与我讨论一些与植物相关的问题。《诗经》中涉及的植物很多，如"蒹葭苍苍，白露为霜"中的"蒹葭"、"采采苤苢，薄言采之"中的"苤苢"等。这些陌生的植物名引起了我的强烈好奇，从此，我的大部分业余时间都消耗在对身边植物的观察与对诗里植物的探寻中。

2017 年，我创立了公众号"植物恋上诗"，试图用科学的眼光解读植物的形态与习性，又以诗意的笔触还原其文化意蕴。从"参差荇菜"的柔波到"晓迎秋露"的紫薇，从"采薇采薇"的古老歌吟到"无意插柳"的盎然生机……我一次次俯身大地，以脚步丈量山野，用双眼凝视绽放与凋零，用纸笔记录下两百余篇关于植物生命的科学体悟与诗意沉思。本书撷取其精华，旨在引领读者踏入一座独特的"诗意的植物园"。

在这里：

野豌豆（薇）穿越《诗经》的烽烟而来，其柔嫩的茎叶承载着先民的艰辛与乡愁，其科学的形态与分布，更无声诉说着物种迁徙的宏大故事。

那池中清莲，周敦颐赞其"出淤泥而不染"，当我们细察其通气组织的精妙、叶片疏水的特性，那份"不妖"的风骨，便从抽象的品德具象为自然造物的神奇伟力；

苔藓不再仅仅是卑微的点缀，当我们吟诵"苔花如米小"，理解其作为拓荒者的坚韧生态角色时，方知微小生命亦能谱写壮阔史诗；

而春日随处可见的杨柳，"无心插柳柳成荫"的背后，揭示的是其强大的无性繁殖力的生命密码，是柔韧枝条里蕴藏的生命韧性。

"人禀七情，应物斯感。"草木无言，却以其荣枯代谢映照人间百态。《植物恋上诗》愿做一座小桥，引您从喧嚣的此岸步入一个被我们遗忘却又始终存在的草木诗境。当您翻阅这些篇章，愿您能暂时放下步履的匆忙，跟随文字的指引，去细看一朵花如何绽放，一片叶如何舒展，去倾听那深藏于自然肌理与古老诗行中的永恒韵律。在这草木含情处，重觅那颗被诗心栖居的、安宁丰盈的自我——因为认识一株草，读懂一行诗，或许正是我们重新认识脚下这片土地，重新安顿那颗漂泊心灵的开始。

李尚斌

于桃子湖畔

2025 年夏

目 录

第一篇 春色满园关不住

荇菜｜参差荇菜，左右流之

翻开《诗经》的第一页，便有一首很美、流传很广的古代情诗《关雎》：

关关雎鸠，在河之洲。窈窕淑女，君子好逑。参差荇（xìng）菜，左右流之。窈窕淑女，寤寐求之。求之不得，寤寐思服。悠哉悠哉，辗转反侧。参差荇菜，左右采之。窈窕淑女，琴瑟友之。参差荇菜，左右芼（mào）之。窈窕淑女，钟鼓乐之。

——《诗经·周南·关雎》

这首诗的画面感很强：在草木葱茏的水中小岛上，两只雎鸠正在一唱一和，清澈的河水微波荡漾，嫩绿的荇菜叶浮于水面，黄色的小花随着水流轻轻摇曳。有一个女子在河洲采摘荇菜，美丽娴静的样子，引得一青年男子在岸边驻足。男子看得呆了、痴了。这爱情

荇菜，细井徇《诗经名物图解》

来得如洪水猛兽一般，令人辗转反侧，朝思暮想的他下定决心，要弹着琴、鼓着瑟去打动她的芳心，击着鼓、鸣着钟来取悦她。

读了几遍后，我忍不住遐想：男子对女子除了爱慕之外，是否也有些羡慕与嫉妒？同样是对美好事物的追求，你可以随意采摘你喜爱的荇菜，而我喜欢美好的你却只能寤寐思服，老天有些不公哦。

诗中的荇菜也叫莕菜，是睡菜科莕菜属多年生草本植物，适合生长于水流平稳且比较浅的池塘、湖泊、河溪等环境中。荇菜的叶子基部深裂成心形，像是缩小版的睡莲，小巧别致地浮在水面上。其叶子形态和生活环境都与荷花、睡莲相似，花色为金黄色，因此荇菜也被称为"水荷""金莲儿"。

荇菜茎、叶柔嫩多汁，且富含营养。在吃货的眼里，荇菜是美味佳肴。唐代诗人唐彦谦在《夏日访友》中曾写道："荷梗白玉香，荇菜青丝脆。"

荇菜更是一种富有诗情画意的植物，在现代诗人徐志摩的眼里，荇菜柔情似水。他在《再别康桥》里写道："软泥上的青荇，油油的在水底招摇。"之所以有如此描述，应该是荇菜的形态激发了他的创作灵感。

软泥上的青荇

荇菜是浮水植物，根和横走的根茎生长于底泥中，茎枝则悬垂在水中，叶和花漂浮于水面，远看就像圆圆的叶片下面拖着一条条长尾巴，在水中随着微风飘飘荡荡，婀娜多姿，惹得诗人们诗兴大发。杜甫在《曲江对雨》中写道："水荇牵风翠带长。"唐代女诗人薛涛也在《菱荇沼》中描写过荇菜的这一特点："水荇斜牵绿藻浮，柳丝和叶卧清流。"

荇菜等浮水植物的叶片之所以能漂浮于水面上，是因为叶子内部有空气腔，这种特殊的结构能够增加整个植物的浮力。而它们的叶一般呈卵形、圆形或椭圆形，能保护叶片免受风浪的冲击而保持平衡。

《关雎》中的"窈窕淑女，君子好逑"，怕是中国人都知晓其意。但诗中的荇菜，身为植物爱好者的我，居然没有目睹过。为此，我网购了10棵荇菜苗，期待着"眼见为实"，可到货后却大失所望。就这些快要腐烂的根与茎，就是传说中的荇菜吗？叶子一片也没有呀。无奈之下，我只好抱着试一试的心态，开始倒腾这些荇菜苗。我用一个小瓶子装了点清水，然后把这些根茎放进去养在阳台上。没想到天气转暖后，这些荇菜苗开始长叶了。嫩绿的叶子像蒲扇一样伸出水面，一片、两片、三片，很快便铺满了瓶口。让人心生欢喜。

荇菜被我养在小瓶里，浮水植物被养成了挺水植物。看这现状，我可以预测将来无论如何也看不到"水荇牵风翠带长"的景象，更不用说体验那"荇菜青丝脆"的味道了。

盆栽荇菜

听说长沙松雅湖国家湿地公园养了成片的荇菜，我只好盼着五月早点来，到那时再去一睹"参差荇菜，左右流之"的风采。

苔藓｜苔花如米小

与闺蜜几家人一起到云南休假，天气暖和，景色极好，心情很舒畅。但这几天我有些走火入魔。别人在拍怒放的各色三角梅、雍容华贵的山茶花、桃花、玉兰、深山含笑及漫山遍野的芦荻，我却在不停地低头找寻，找寻那苔花。不是因为旅行在外，而是《经典咏流传》惹的祸！耳边总是响起贵州山里那些孩子们的天籁之音：

> 白日不到处，青春恰自来。
>
> 苔花如米小，也学牡丹开。
>
> ——〔清〕袁枚《苔》

前日在大空山火山遗址处，在登山石阶旁的树林边，我找花了眼也只拍到苔藓的茎叶。幸运是奋斗出来的！昨天在人挤人的热海景区，我不忘初心，坚持眼观林底处，终于拍到了苔"花"。

苔花其实不是花。我们知道，植物主要有藻类植物、苔藓植物、蕨类植物和种子植物四大类群。种子植物包括裸子植物和被子植物，其中被子植物才有真正的花。典型被子植物的花具有花萼、花冠、雄蕊、雌蕊四个主要组成部分。裸子植物所谓的球花，其实是孢子叶聚生成球状而已，不算真正的花，更何况蕨类、苔藓等植物，它们都没有真正的花。

以葫芦藓为例，我们来了解一下苔藓植物的生活史。

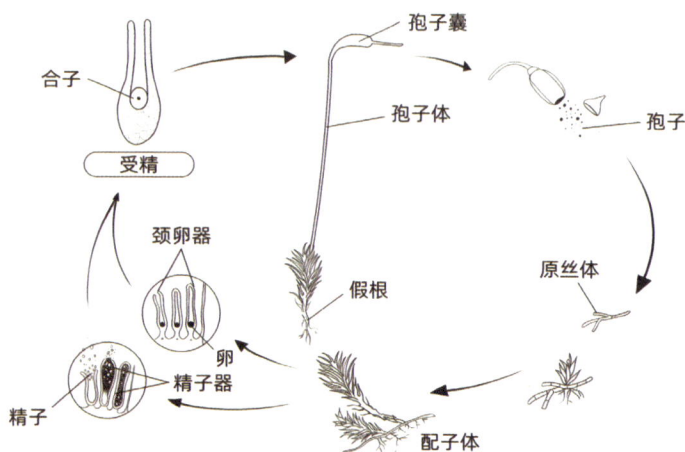

葫芦藓的生活史（绘图：彭雨欣）

袁枚眼中小如米粒的苔花，可能是指图中的孢子体，它顶部小小的孢蒴像个小米粒一样。成熟的孢蒴里面充满了孢子母细胞，孢子母细胞经过减数分裂产生孢子，孢子散出后，在适宜的条件下会萌发成绿色的丝状体，并进一步发育形成配

葫芦藓的孢子体

子体，配子体即我们常见的长有茎和叶的苔藓。苔藓是雌雄同株植物，配子体的雌性生殖器官称为颈卵器，雄性生殖器官称为精子器。精子器产生的精子靠两条鞭毛的摆动，在水中游到颈卵器里与卵细胞融合完成受精，因此苔藓植物的受精离不开水。苔藓植物虽

然出现了茎叶的分化，但没有真正的根，它们靠假根附着于地面或其他植物体上。苔藓植物的茎、叶内无输导组织，它们的叶只有一层细胞构成。正因为苔藓植物无根、无输导组织，吸水能力、保水能力较差，这导致苔藓植物植株矮小，加上受精过程也离不开水，所以苔藓植物多生活在阴暗潮湿的环境中。这是苔藓植物在"白日不到处"，也能"青春恰自来"的生物学原理。

葫芦藓的配子体

　　尽管苔藓植物结构比较简单，但它们对生态系统的作用同其他植物一样不可或缺。苔藓植物是植物界的拓荒者之一，具有很强的吸水能力和适应阴湿环境的特性，对防止水土流失和植物群落的初生演替具有很重要的意义。在园艺上，苔藓植物常用于包装运输新鲜苗木，或作为播种后的覆盖物，以免苗木水分过度蒸发。此外，苔藓植物对环境变化的敏感性较强，常作为环境监测的指示植物。

　　苔藓植物虽然很矮小，但只要给点儿阳光便灿烂，一如身边的闺蜜们。我们在家是女儿、妻子、母亲，在单位是班主任、导师和医生，在外则是一群恣意率性的小女人。我们尽可能把平凡的工作、单调的日子，活得生动、玩得有趣。

　　正如：苔花如米小，也学牡丹开。

豌豆与野豌豆 | 采薇采薇，薇亦柔止

有段时间，我迷上了《植物大战僵尸》，特别喜欢其中的豌豆射手。无论是普通射手、双发射手、三线射手，还是寒冰射手，它们射出的一颗颗子弹，实际上就是豌豆的种子，而发射装置就是豌豆的果皮——豆荚。当豌豆成熟并受到阳光照射后，豆荚会裂开，然后将种子弹射出去，射程可以达到 5 米之外，这种超强的弹射能力，就是豌豆扩大势力范围的一种策略。

豌豆是豆科植物大家族中的一员。我们吃的大豆、绿豆、红豆、蚕豆、扁豆、豇豆、四季豆、芸豆、刀豆等，还有花生、紫藤、槐、紫荆等，都属于豆科大家族。毫不夸张地说，我们的生活离不开豆科植物。

有没有觉得右图中似乎有两只蝴蝶在飞舞？这感觉就对了。豌豆花是典型的两性花，也就是说，一朵花既有雄蕊又有雌蕊，而豌豆花的花冠就如你所见，像蝴蝶，称为蝶形花冠。花冠两侧的花瓣，花开后张开似翼状，是昆虫停留的地方；内侧对称的两花瓣连合成

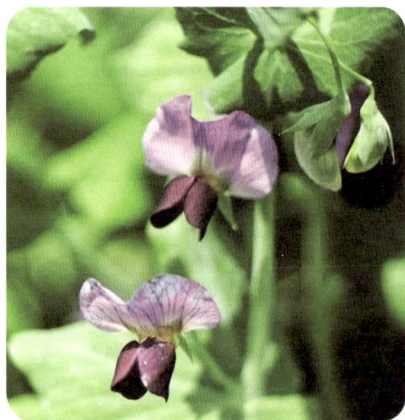

豌豆的蝶形花冠

8

舟状，紧包在雄蕊和雌蕊之外。豌豆在花开之前，龙骨瓣还紧紧抱着花蕊时，雌雄蕊之间便已经传粉了，所以豌豆是标准的自花传粉植物。

为了避免近亲繁殖，绝大多数植物是异花传粉，为什么有的植物要自花传粉呢？植物进行自花传粉的原因是多样的，主要与其繁殖策略和环境适应性有关，以下是几个关键原因。

一是环境胁迫所致：在某些环境条件下，比如孤立地区或者恶劣的气候条件，昆虫或其他动物传粉者可能稀缺。在这种情况下，自花传粉成为植物繁殖的可靠手段。

二是稳定遗传需要：自花传粉可以保持植物的遗传特性稳定。因为自花传粉避免了与不同遗传背景的植物杂交，这对于某些环境中已经适应良好的植物来说是有利的。

三是资源优化管理：对于一些植物来说，吸引和依赖传粉者（如昆虫、鸟类）需要消耗大量资源（例如花粉和花蜜）。自花传粉可以在资源有限的情况下保证繁殖的进行。

四是繁殖保障策略：在有外界传粉者的条件下，自花传粉可以作为一种"备份"机制，确保在没有足够的异花传粉时也能进行繁殖。

"遗传学之父"孟德尔在大学学习期间，曾深入研究过豌豆象（一种昆虫）对豌豆的危害，所以他对豌豆生长、发育以及遗传特性了解得很透彻。豌豆花特殊的蝶形花冠，可以保证自花传粉，因而在自然状态下一般都是纯种，去雄后也可保证人工授粉的纯洁性。豌豆易于栽培，生长期短，花大易于做人工授粉，杂种完全可育，具有多种明显的、可识别的、易于区分的性状，便于统计实验结果。豌豆的这些特性是保证杂交实验成功的关键，是一种较理想的植物杂交实验材料。在修道院的一小块园地上，孟德尔主要以豌豆为实验材料，完成了一系列的杂交实验，并由此发现了分离定律和自由组合定律，开启了遗传学从表型到遗传因子（基因）的研究序幕。

正如高中生物课本中的小诗所云：

八年耕耘源于对科学的痴迷，
一畦畦豌豆蕴藏遗传的奥秘。
实验设计开辟了研究的新路，
数学统计揭示出遗传的规律。

在湘江的河滩边，经常会看到成片生长的野豌豆，它们是豌豆的近亲。野豌豆并不是豌豆的祖先，野豌豆属有 200 余种，蚕豆居然也在其中，而豌豆却不在其列。豌豆的起源地说法不一，有人认为是埃塞俄比亚，也有人认为是伊朗。豌豆由原产地向东传入印度北部，再经过中亚细亚传到中国。

救荒野豌豆

小巢菜

　　救荒野豌豆与小巢菜是两种常见的野豌豆属植物，它们的幼叶和嫩茎除了作为牧草之外，人也可以食用。

　　薇是古代比较"知名"的野菜，古代诗词中多处可见"采薇"。如：

> 采薇采薇，薇亦作止。曰归曰归，岁亦莫止。
> 靡室靡家，猃狁（xiǎn yǔn）之故。不遑启居，猃狁之故。
> 采薇采薇，薇亦柔止。曰归曰归，心亦忧止。
>
> ——《诗经·小雅·采薇》

　　《诗经》里的"薇"，可能就是某种野豌豆。诗里的戍卒们长年征战在外，军粮不足时只能采幼嫩的薇菜充饥。从春天到秋天，薇菜从"作"（初生）到"柔"再到"刚"，时光逝兮年将近，归期遥兮人思归。在这里，"采薇"被用来表达戍卒们对家乡的深切思

11

念和对长年征战在外的万般无奈。

《史记·伯夷列传》有记载："义不食周粟，隐于首阳山，采薇而食之。及饿且死，作歌，其辞曰：'登彼西山兮，采其薇矣。以暴易暴兮，不知其非矣。神农、虞、夏忽焉没兮，我安适归矣？于嗟徂兮，命之衰矣！'遂饿死于首阳山。"说的是伯夷和叔齐在商朝灭亡后，拒绝吃周朝的粮食，选择在首阳山隐居，采薇而食。他们的这种行为被后人视为高尚气节的象征。"采薇"后来也被用来借指隐居生活。如王绩的"相顾无相识，长歌怀采薇"，孟郊的"举才天道亲，首阳谁采薇。去去荒泽远，落日当西归"等。

春天来了，薇亦作止，薇亦柔止。走，去大自然，采薇去。

紫云英丨防有鹊巢，邛有旨苕

> 防有鹊巢，邛（qióng）有旨苕。谁侜予美？心焉忉忉。
>
> 中唐有甓，邛有旨鹝。谁侜予美？心焉惕惕。
>
> ——《诗经·陈风·防有鹊巢》

诗的大意是：

原本建在树上的鹊巢却筑于堤坝上，

原应长在湿地的苕草却生长在山丘上。

是谁在欺骗我的心上人？我心忉忉。

瓦片为什么铺在路中央，

鹝草为什么长在山丘上。

是谁在蒙骗我的爱人？我心惕惕。

何为鹝？鹝（yì），今名绶草，是兰科绶草属植物，5月左右开花。花呈螺旋状排列，状若盘龙，其根若参，因此绶草又叫盘龙参，又名扭扭兰。据说在一些人工草坪上可以觅到它小小的芳踪。

何为苕？苕，《现代汉语词典》（第 7 版）里有两个注释：一读 sháo，也就是甘薯。当年我在武汉读书的时候最不喜武汉人的口头禅"你有点苕吧"，与长沙话"你有点宝里宝气吧"差不多。另一读音为 tiáo，古书上指凌霄花。

可是红薯与凌霄花都不是长在湿地，而是长在山坡上的植物，这与诗中的本意不一致。

陆玑《诗义疏》曰："苕，苕饶也，幽州人谓之翘饶。蔓生，茎如劳豆而细，叶似蒺藜而青，其茎叶绿色，可生食，如小豆藿也。""翘饶"是什么？我在网上搜了半天没有搜到，倒是搜到了疑似"翘饶"的"翘摇"，而且发现中药材"翘摇"有两种：小巢菜与紫云英。

小巢菜与紫云英都是豆科植物，小巢菜属于野豌豆属，紫云英属于黄耆属。

说到这，"苕"到底为何物？心里还是没有底呀。再从《说文解字》看，苕，字从艹，从召，"召"意为"先导"。"艹"与"召"联合起来表示"先导艹（cǎo）"，意思是新春最先萌芽冒头的植

紫云英

物。结合诗里之意，苕应该是长在湿地。那么，新春最先萌芽且长在湿地的植物，如果要从上面两种植物中来选的话，我首选紫云英。

在我们老家，紫云英也叫燕子花。早春时分，紫云英大片大片地长，像一块块绿色的地毯铺在田畈上，随后，一朵朵紫色小花伸出来，美丽而壮观。紫云英是可以食用的，但我们打猪草的时候从来都不采它们，因为知道紫云英是用来肥田的。只是偶尔会挑选几朵花摘下插在头上，或是将花茎编成一个漂亮的花环，戴在手上，小小地臭美一番。到了春耕时分，乡亲们牵着牛犁田，把紫云英翻耕在土里进行沤肥。

上学后我才知道紫云英是豆科植物，与根瘤菌互利共生，因而可以借助根瘤菌来固氮。秋收之后播种紫云英，既可肥田又可涵养水源、保持水土，一举多得，先辈们的生产经验是有科学依据支撑的。近几十年来，大概是由于施化肥更快捷、更省事吧，农田里很少看到成片的紫云英了。每每春节回乡，看到杂草乱生、几近荒芜的农田，心里总有些许失落与忧伤。

不过，最近两年，在旅游经济的推动下，许多地方都在打造"最美乡村""花海"，倒是在不少地方又出现了成片的紫云英。看样子，紫云英的春天又回来了。

紫云英的春天，不仅属于乡村，更属于每一个渴望美好的生活的我们。

桃花 | 桃之夭夭，灼灼其华

　　这几天微信朋友圈里见得最多的图片便是桃花了，许多朋友不约而同地在图中配文："桃之夭夭，灼灼其华。"原本想大家都用这一句，是不是落入俗套了呀。可待我搜肠刮肚、绞尽脑汁找了几句如"人面桃花相映红""人间四月芳菲尽，山寺桃花始盛开""竹外桃花三两枝，春江水暖鸭先知""山无数，乱红如雨"之后，才发觉，还是"桃之夭夭，灼灼其华"这样的诗句更鲜亮、更生动。流传了几千年的经典名句，难以超越，近乎"文盲"的我，也只有传承了。让我们先一起来吟诵一下《诗经·周南·桃夭》吧：

> 桃之夭夭，灼灼其华。之子于归，宜其室家。
>
> 桃之夭夭，有蕡（fén）其实。之子于归，宜其家室。
>
> 桃之夭夭，其叶蓁蓁（zhēn）。之子于归，宜其家人。

　　大家可以边摇头晃脑地吟诵，边在脑中构想这一画面：在阳光明媚的春日，阵阵唢呐声中，有位美丽的姑娘嫁到村里来，远亲近邻们情不自禁地围观并大声祝福他们：枝繁叶茂的桃树啊，花儿开得鲜艳如火，美丽的姑娘嫁过门啊，一定会使家庭和顺又美满；枝繁叶茂的桃树啊，果儿肥硕，压得枝条弯了腰，贤惠的姑娘嫁过门啊，一定会使家庭融洽又欢喜；枝繁叶茂的桃树啊，叶子长得密稠稠，善良的姑娘嫁过门啊，一定会夫妻和乐共白头。

诗里的桃原产于中国，属于蔷薇科桃属植物。桃有许多品种，一般果皮有毛。普通桃果近球形，蟠桃果实呈扁盘状，而油桃的果皮光滑，碧桃是观赏用桃树，有多种形状的花瓣。

桃花

《诗经》中多处写到桃，如《召南·何彼秾矣》中的"何彼秾矣？华如桃李"，《魏风·园有桃》中的"园有桃，其实之殽"，《大雅·抑》中的"投我以桃，报之以李"等，足见桃在我国有着几千年的观赏和食用历史。

沿着时间的脚步从前往后读古诗词，我们会发现桃的文学意象在悄悄地发生变化。从最初的《诗经》开始，桃就被赋予了多重意象，如青春、美人、春天等，这些意象在后来的文学作品中得到了进一步的延续和发展。如崔护《题都城南庄》中的"人面桃花相映红"和元稹《桃花》中的"桃花浅深处，似匀深浅妆"，描述的桃花如同少女的粉妆。唐朝的诗人们也开始尝试用桃花来表达伤感、愁苦的情感，如李白《赠汪伦》中的"桃花潭水深千尺，不及汪伦送我情"，这里的桃花被用来形容离别的哀愁。刘禹锡《竹枝词》中的"花红易衰似郎意，水流无限似侬愁"，这里的桃花则象征着红颜易老，红颜命薄。而贺知章的《望人家桃李花》，则画风大变，"桃花红兮李花白，照灼城隅复南陌。南陌青楼十二重，春风桃李为谁容"，这里的桃花被用来形容青楼女子的妩媚和艳丽。贺知章太有名了，可能他老人家自己都没有想到这种将桃花与青楼女子相联系的做法对后世的文学创作产生了多么深远的影响。再读元代王冕的《白梅》，在"冰雪林中著此身，不同桃李混芳尘"这一句中，桃花已经落入滚滚红尘中。

一千个读者就有一千个哈姆雷特。在我的心中，各种花草树木、野果野菜都是大自然给我们最好的馈赠，没有什么阳春白雪与下里巴人之分。

桃花很养眼，桃子更养胃。童年的时候没有什么零食吃，过完年就盼着桃花开后桃子熟。每年端午节时，兄弟姐妹总是迫不及待地步行数里到外公家里去，诱人的除了舅舅做的特别香的腊肉外，还有外公家又大又甜的桃子。我家屋后也有棵毛桃树，果子很小，每年暑假过完后果实才成熟。小小的果实表面，长着许多小黑点，有点像脸上的雀斑，我们叫它狗屎桃。桃也不可貌相哦，狗屎桃到了九月份熟透的时候特别甜。由于这棵毛桃树长得比较高且树干比较细，不能攀上树去摘桃子，放学回家后我们便用竹竿把桃子敲打下来吃，那味道至今让我念念不忘。

桃子作为一种常见的水果，不仅具有丰富的营养和美味的口感，还承载着深厚的文化内涵和象征意义。谁能不爱它？

卷耳｜采采卷耳，不盈顷筐

草长莺飞二月天，万物复苏，生机勃勃。琢园里的小草纷纷冒出嫩嫩的芽和叶，有的迫不及待地展开花颜了。下课后，我忍不住溜进园子里，拍了一些小花小草。看看这一张，它的毛茸茸的叶片像不像你家宠物的小耳朵呀，它的名字就叫卷耳。

卷耳是石竹科卷耳属一年生草本植物，聚伞花序长在枝顶上。花瓣共五片，白色。卷耳有多种，大多全草入药，有清热解毒、消肿止痛的功效。

卷耳叶

卷耳花

《诗经·周南·卷耳》里写道："采采卷耳，不盈顷筐。嗟我怀人，寘彼周行。陟彼崔嵬，我马虺隤（huī tuí）。我姑酌彼金罍（léi），维以不永怀。陟彼高冈，我马玄黄。我姑酌彼兕觥，维以不永伤。陟彼砠矣，我马瘏矣。我仆痡矣，云何吁矣。"

诗里描述的是一对心上人彼此牵挂的情景：在青草茫茫的山路边上，一个神情忧伤的柔媚女子，正在采呀采呀采卷耳，半天还没采满一小筐。她哪有心思采卷耳啊，她神情恍惚地想念着征战在外的心上人，甚至将菜筐弃在大路旁。远行在外的那个人，一定也和他疲惫的马儿一样，日渐消瘦了吧。他渴了吗？病了吗？如我思念他一般思念着我吗？仿佛是有心灵感应，巍巍的高山上，身心俱疲的远征人倚着病弱的瘦马暂时歇歇脚，他凝望着远方家乡的方向，思念着久别的爱妻，借酒消愁愁更浓，何日是归期，我心徒伤悲啊！

我记得儿时也在春天里与小伙伴们一起采卷耳、荠菜等野菜，不过那时候的我们是兴高采烈、呼朋引伴去的，采到装满筐时便停下来玩玩游戏。我们在田野里挖一个小坑，然后绑一小把野菜在距离小坑较远处比试投掷，投中了可以赢别人一小把野菜。玩尽兴后才背着菜筐回家。采回的野菜不是做中药，而是煮煮后用来喂猪。

不过，许多资料表明，《诗经·卷耳》里描述的卷耳并不是我前面拍到的卷耳，而是苍耳。例如，台湾学者潘富俊先生就把"采采卷耳"中的卷耳归为苍耳。

苍耳就没有现代的卷耳可爱了，它属于菊科植物，全株有毒，成熟果实表面的刺上带有倒钩，可以牢牢钩住小动物的皮毛，借小动物的奔跑来传播种子。小时候，经常有顽皮的男生将苍耳果悄悄地挂在女生的衣服上或头发上，至于是作弄女生，还是想引起自己喜欢的女孩子注意，那就不得而知了。

尽管苍耳已经在中国生长了几千年，但它其实是一种外来入侵物种。西晋博物学家张华著的《博物志》里记载有"洛中有人驱羊入蜀，胡枲（即苍耳）子多刺，黏缀羊毛，遂至中国"。所以苍耳叫"羊带来"。经过几千年的扩散和繁殖，苍耳已经成为中国南北方地区广泛分布的植物。

资料查到这里，我心里顿时起了疑惑：《诗经》中收集的是西周初年至春秋中叶的诗歌，而苍耳是在公元一世纪左右才传入中国的。从时间上来推断，《诗经》中女子采的卷耳，是不是就是现代卷耳的祖先，而不是古今以来多位专家所说的苍耳？况且，苍耳无论叶还是果，形态真的跟耳有些挂不上钩。

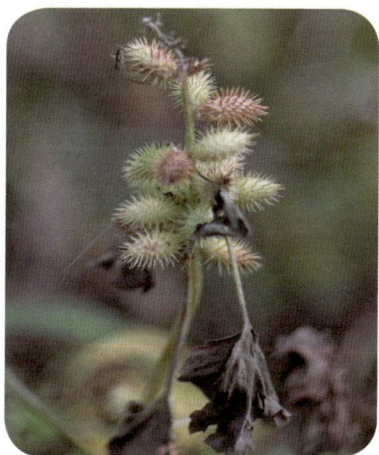

苍耳带刺果实

好想穿越到那个年代，看一看那位心不在焉"采采卷耳"的女子，究竟采的是什么植物。转而一想，诗中的卷耳不仅仅是女子采摘的一种野草，更是一种象征，象征着女子心中无尽的思念和牵挂。这种思念之情如同野草一般，虽看似微不足道，却深深扎根于心中，难以割舍。我们读诗之人，又何必追究它究竟是"卷耳"还是"苍耳"呢？

李花 | 丘中有李

丘中有麻，彼留子嗟。

彼留子嗟，将其来施施。

丘中有麦，彼留子国。

彼留子国，将其来食。

丘中有李，彼留之子。

彼留之子，贻我佩玖。

——《诗经·王风·丘中有麻》

从这字里行间可以想见，《诗经》的时代，存在一块没有被世俗污染的田园。那里有长满麻、麦、李的山丘，姑娘与小伙子两情相悦，踏春、野炊、赠玉，姑娘把那爱情的甜蜜非常直白地唱出来，年轻，真好。

李花

一直不太敢写李。

老家的后山上原本种有李树，每年早春，边开花边长叶；夏天，果子还酸酸的时候便可尝鲜了。不知道从哪年起，那李园的李

22

树被全部砍光，种上了黄花菜，再后来，李园荒成了灌木丛，现在则成了高速公路，回家倒是方便了，却少了许多念想。李花开在清明前，父亲走在清明后。每每李花开放时，那洁白的花朵，白得有点刺目，必然会让我想起父亲，而父亲的早逝是我心中永远的痛。

　　按说，李树是最寻常、最传统的果树之一，应该比较好找。但由于李树花开的时候，正是忙碌的开学季，没有时间到乡下去溜达，而城里的大街小巷和各大园子，这些年都被梅、樱、桃等霸园了，找个李花真的不容易。记得有一次我坐闺蜜的车路过金星路，在路边的小小园林中望见了几棵开着白花的树，我以为是李花，便下车去追花，结果发现不是李而是樱，白高兴了一场。

　　有些樱花与李花真的很像。它们的花都是几朵小花簇生在一起，花梗也都较长，花色都是纯纯的白，花期也相近，远观确实不好区分。不过，有一个区分樱花与李花的简单办法：樱花花瓣尖端有一个小缺口，而李花花瓣尖端没有缺口。

李花　　　　　　　　　　　　　　　　　樱花

　　这些年寻寻觅觅，走了好多路，才拍齐了李花与李子。

　　前年秋天到百果园观银杏，无意中发现在百果园的西山上，有一片李林。想好了来年春天去拍李花的，结果去年还是错过了花期。昨天寻找紫叶李的同时找李花，总算是李花不负有心人。尽管去得稍稍有些晚，树龄较大的李树已经花谢了，但还是有几株树龄较小的李花正在开放。

去年春天的一个周末，我与晓红来了场说走就走的旅行，两人乘高铁到江西婺源，看那油菜花开。说实在的，从小长在乡村里，油菜花哪会没有看过。与其说是去看油菜花，不如说是去与明媚春光约个会。在前往景点的路上，远远看到一树繁花，我预感到这是我想了好些年的李花，下车一看，果然是李花。

婺源的三月真的很美。我高度怀疑，秦观的那首关于"桃花红，李花白，菜花黄"的词，是在婺源游玩有感而写的。

> 树绕村庄，水满陂塘。倚东风，豪兴徜徉。
> 小园几许，收尽春光。有桃花红，李花白，菜花黄。
> 远远围墙，隐隐茅堂。飏青旗，流水桥旁。
> 偶然乘兴，步过东冈。正莺儿啼，燕儿舞，蝶儿忙。
> ——〔宋〕秦观《行香子·树绕村庄》

李子是蔷薇科李属植物的果实，水果店中卖的黑布林和奈李等，其实都是李子。李子中抗氧化剂含量很高，是抗衰老、防疾病的"超级水果"。但要注意的是，李子不能多吃，多吃伤肠胃。

去年高考结束后，有一个小小的空档，我与四个小姐妹一起坐飞机到泸沽湖漫游了四天。泸沽湖的天、泸沽湖的水、泸沽湖的美食，会让你有种词穷的感觉。我们包了一辆当地小帅哥的车，小帅哥每天带着我们逛景、拍照、吃当地美食，日子过得优哉游哉。有一天，一位队友忘记了戴防晒帽，小帅哥便带我们到他家里去拿一顶备用。到了他家后，他热情地把我们带到后院摘水果。哇，原来他家后院有个果园，李子正当时。我们从树上现摘了一大捧李子，用水冲洗了一下，便迫不及待地入口了，味道酸酸甜甜的，比市场上卖的要好吃不知道多少倍。

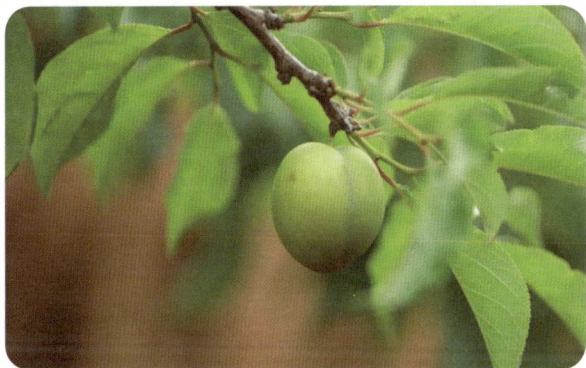

李子

李子也拍到了，这是泸沽湖之行带给我的意外惊喜。

这些年，到处去寻找李花与李子，是对"李花怒放一树白""不见花枝见雪城"这样壮美开花景象的热爱，更是对父亲的一种深情缅怀。父亲生前是一名老师，房前屋后曾经种有桃树、李树等果树，还植有枳树等绿篱，正应了白居易的那一句诗："令公桃李满天下，何用堂前更种花。"

海棠丨偷来梨蕊三分白

> 昨夜雨疏风骤，浓睡不消残酒。
>
> 试问卷帘人，却道"海棠依旧"。
>
> 知否，知否？
>
> 应是绿肥红瘦！
>
> ——〔宋〕李清照《如梦令》

　　最近恋上了海棠。不是因为李清照，而是因为本学期生物组与语文组的几个小伙伴合作开了一门选修课——《红楼梦》植物选鉴，我被安排在海棠组。

　　历史上最早关于海棠的记载出自《诗经》，"投我以木桃，报之以琼瑶"。据考证，其中的"木桃"即指木瓜海棠或贴梗海棠（花梗极短或近无，故名）。最早有"海棠"一词记载的，是唐朝著名地理学家贾耽编写的《百花谱》："海棠为花中神仙，色甚丽，但花无香无实。西蜀昌州产者，有香有实，土人珍为佳果。"到了宋代，海棠似乎取代了牡丹而成为花魁。海棠名声太响，以至于各种鲜艳的红花植物都被冠以"海棠"之名，一时涌现许多山寨版海棠，如"秋海棠"（秋海棠科秋海棠属，多年生草本植物）、"铁海棠"（大戟科的蔓生灌木），等等。大概是为了纠正海棠花名之乱象，明朝园艺家王象晋在《群芳谱》中提出"海棠有四种，皆木本"，分别为西府海棠、垂丝海棠、贴梗海棠和木瓜海棠。

从花和果实可以看出，西府海棠与垂丝海棠像姐妹，贴梗海棠和木瓜海棠像邻居家的兄弟。原来，海棠四品也来自两个家族，尽管它们都是蔷薇科的，但西府海棠与垂丝海棠属于苹果属，而贴梗海棠和木瓜海棠则同属于木瓜海棠属。

前两天玲发来图片，附近的望月公园里有我心心念念的海棠花，不仅有垂丝海棠，还有贴梗海棠！无奈连日阴雨外加身体小恙，不敢出门外拍。苏轼"只恐夜深花睡去，故烧高烛照红妆"的心情我是真的理解了。雨疏风骤，担心海棠花被冷雨摧没了，今日稍有空闲，顾不得午休，我便冒雨到了望月公园来拍海棠。

望月公园的垂丝海棠开得正好，贴梗海棠却是绿肥红瘦。小小失望之后，我在贴梗海棠的残花绿叶中执着地寻找还未凋谢的花，拍点回去作为上课的素材。老天不负我！在我仔细寻花的时候，发现在凋萎的花基部，居然结了小小木瓜！这一发现，令我如见初恋般，心潮澎湃。

垂丝海棠

贴梗海棠花与果

贴梗海棠也叫皱皮木瓜，是蔷薇科木瓜海棠属植物，所以我们把它的果实称作木瓜。但要说明一下，此木瓜非炖雪蛤的木瓜，炖雪蛤的木瓜其实叫番木瓜，是番木瓜科植物番木瓜的果实。

《红楼梦》里最著名的海棠当属怡红院中的西府海棠。第十七回"大观园试才题对额，贾宝玉机敏动诸宾"里写到，大观园竣工后，贾政带着一群清客到各处检查，并考验宝玉的才学，要宝玉为大观园各处题匾额对联。行至一处院落时，只见"院中点衬几块山石，一边种着数本芭蕉；那一边乃是一棵西府海棠，其势若伞，丝垂翠缕，

西府海棠

葩吐丹砂"。众清客对西府海棠之来历一顿浮夸，为此院落题匾额也是一串胡说。宝玉有些按捺不住，怕父亲怕得要死的他，居然大胆建议："此处蕉棠两植，其意暗蓄'红、绿'二字在内。若只说'蕉'，则'棠'无着落；若只说'棠'，'蕉'亦无着落。固有'蕉'无'棠'不可，有'棠'无'蕉'更不可……依我，题'红香绿玉'四字，方两全其妙。"后来，贾妃省亲时，将"红香绿玉"改为了"怡红快绿"。

《红楼梦》第三十七回"秋爽斋偶结海棠社，蘅芜苑夜拟菊花题"中，写宝玉等人在探春的提议下，在秋爽斋结海棠诗社，并以白海棠为题作诗开社。

这里咏的白海棠是哪种海棠呢？

先说说《红楼梦》中白海棠的来历。主管大观园园艺的贾芸给干爹宝玉送来了白海棠，便说"不可多得。故变尽方法，只弄得两盆"。

为了弄清楚这两盆白海棠的种类，我查了资料，请教了专家，总算有了一点进展。

多数人认为：白海棠是一种白色的秋海棠。理由主要是以下两点：一是贾芸送花时说"天气暑热，恐园中姑娘们不便，故不敢面见"，加上之后紧接着吃螃蟹咏菊花，应该是从夏入秋了；二是贾芸送来的是两盆白海棠，因为是盆栽的所以应该是草本的。传统的海棠花是木本植物，且在早春开花；而秋天开花的草本植物白海棠应该是秋海棠。

对于海棠诗社的白海棠是秋海棠的观点，我存疑多处。

一是根据"盆"栽来推断是否准确。因为从古到今，盆栽木本植物非常常见。况且海棠诗社社长李纨说："方才我来时，看见他们抬进两盆白海棠来。"许多朋友养过或见过秋海棠，小小的草本盆栽植物，小女子一只手便可拎起来，用得着"他们抬进来"吗？而如果是木本的盆景，往往比较高大沉重，用"抬进"一词才合理。

二是根据开花时间来判断是否可靠。校园里的红花檵木、映山红、紫叶李等植物的花期本是春天，但有时在秋冬温暖的日子里也能看到它们的花。2020年8月19日，我在湖南省植物园亲自拍到过苹果属的花，而且花果同枝。怡红院里的西府海棠，不是也反季开花了吗？为了满足市场需求，园艺上还可以人为调控植物的开花时间。

三是海棠诗社的小伙伴们写诗的时候根本没有看到白海棠，他们咏的是心中的白海棠。在当时，占花市主流的海棠应该是传统的海棠四品中的苹果属海棠或木瓜属海棠。在所有的咏白海棠诗中，我最喜潇湘妃子的"偷来梨蕊三分白，借得梅花一缕魂"这几句。梨与梅，都是蔷薇科的植物，与海棠是亲戚，而与秋海棠的关系远着呢。黛玉心中的海棠，定是花比较清新脱俗的苹果属海棠。

《红楼梦》是曹雪芹的回忆之作，他的记忆有没有出偏差呢？

前两天到桃子湖拍海棠，发现在一丛垂丝海棠中间，有一株海棠的几根枝条上居然开了白色的花！识花软件鉴定为三叶海棠。

三叶海棠

林黛玉心目中的白海棠是不是类似于这种开白花的海棠？无从得知了。

有朋友说，不要与文学家计较植物名称。我们只要知道白海棠像潇湘妃子笔下描写的那样美美的、仙仙的就是了。

半卷湘帘半掩门，碾冰为土玉为盆。
偷来梨蕊三分白，借得梅花一缕魂。
月窟仙人缝缟袂，秋闺怨女拭啼痕。
娇羞默默同谁诉，倦倚西风夜已昏。

——潇湘妃子《咏白海棠》

《红楼梦》第九十四回"宴海棠贾母赏花妖，失宝玉通灵知奇祸"里，宝玉怡红院中的一棵海棠树已经枯死一年，却忽然在十一月里开放花朵，众人无不惊异。

受到气温、雨水、虫害、人工修剪等因素的影响，有些植物会反季开花。反季开花是指本在休眠的花芽，在不该开花的季节萌动了、开花了。

休眠是植物在系统发育的过程中形成的一种对逆境的适应特性。植物处于休眠状态时，生长会变得缓慢，这样就可以用更少的水分和养分来维持生长。

从生物学的角度来看，反季开花对植物本身来说是不利的。例如海棠花，冬天部分花芽开了花，消耗营养不说，关键是花开后马上进入寒冬，不仅温度不适宜生长，甚至可能没有昆虫来传粉等，各种原因会导致花而不实。如果是果树，将会导致来年减产。

至于在文学上，怡红院中的海棠冬日开花"主好事呢"还是有"不吉之事"？《红楼梦》里的海棠与秦可卿、晴雯、史湘云等女子的命运有何关联？生物老师不敢信口开河，让语文老师娓娓道来吧。

紫荆 | 琢园几树紫荆花

春天，能与樱花媲美的，紫荆的排名应该比较靠前。

《本草纲目》记载："其木似黄荆而色紫，故名。"明代顾清用"百干相扶共一根，纷纷红蚁缀枝繁"来描述紫荆花开，很是贴切。紫荆为豆科紫荆属植物，落叶灌木，先开花后长叶，紫色的花一圈圈簇生在细枝上，确实有些像红蚁缀满枝头的感觉。

紫荆花开

纷纷红蚁缀枝繁

细看那一只只"红蚁"，有些像粉色的蝴蝶在飞舞，那是它们的假蝶形花冠。

与豌豆花的蝶形花冠一样，紫荆的假蝶形花冠也是由5片花瓣组成的，假蝶形花冠5枚离生的花瓣呈上升的覆瓦状排列，即在花芽中最上方的一片花瓣位于最内，为旗瓣；蝶形花冠的5枚离生花瓣呈下降覆瓦状排列，花芽中最上方的一片花瓣位于最外方。

这些花冠的形成，可以说是传粉昆虫选择的结果。鲜艳的花色和特殊的花形可以吸引蜜蜂等传粉者来访，并为昆虫提供着陆平台和导向标志。当传粉昆虫落在龙骨瓣上时，会产生一定的压力，使龙骨瓣张开，露出雄蕊和雌蕊，从而实现授粉。

花开花谢的时候，紫荆的豆荚也悄悄地从枝干上长了出来，一簇一簇的。

春天，附中琢园里最耀眼的，除了几株樱花，就是紫荆。尽管它们看起来远不如西湖公园、玉湖公园等地的紫荆长得那么茂盛，但对于老附中人来说，稀稀疏疏伸出的这几枝紫荆，足以安慰我们曾经失落的心情。

紫荆的豆荚

琢园的紫荆花曾经开得非常热烈，但前些年的一个夏天的干旱，让紫荆遭到了重创，园林工人索性将它们全部砍了。幸好没有连根挖去，经过几年的沉寂之后，琢园的紫荆终于又崭露头角，焕发出生命的气息。此情此景，怎能叫人不欣慰！

紫荆花不开则已，一开便是那么的耀眼、那么的浓烈，让人们不得不流连于此，一赏它的芳容，也引得许多文人墨客为之写诗赋词。在众多的诗词中，我最爱元代张雨的《湖州竹枝词》：

临湖门外是侬家，

郎若闲时来吃茶。

黄土筑墙茅盖屋，

门前一树紫荆花。

寥寥几笔，勾勒出一幅朴素自然、充满生活气息的画面。忍不住和一首：

校园春韵

岳麓山下好读书，

桃子湖畔竞芳华。

攀登广场樟树绿，

琢园几树紫荆花。

木瓜｜投我以木瓜，报之以琼琚

前几天听了一节班会课，题为"感恩于心，回报于行"。班会设计了三个环节——情暖校园、心念家庭、力效国家，最后以齐诵《诗经·卫风·木瓜》结束。主题鲜明，层层升华，印象颇深。以至于这两天我的嘴里也时不时冒出这几句来：

> 投我以木瓜，报之以琼琚。匪报也，永以为好也！
> 投我以木桃，报之以琼瑶。匪报也，永以为好也！
> 投我以木李，报之以琼玖。匪报也，永以为好也！

吟着吟着脑子里蹦出这样的画面：在瓜果飘香的季节，一群美丽的姑娘在山里采摘野果子。姑娘们哼着山歌嬉戏打闹，欢声笑语引来了邻村的小伙子们。姑娘们大大方方地将采摘的果子赠送给小伙子们，小伙子们则纷纷解下腰间的玉佩回赠给姑娘们。

你赠送给我一个木瓜，我回赠给你一方精美的佩玉。这不是简简单单地答谢你，我要与你永结同心。

你赠送给我一个木桃，我回赠给你一方晶莹的佩玉。这不是简简单单地答谢你，我要与你永结同心。

你赠送给我一个木李，我回赠给你一方珍贵的佩玉。这不是简简单单地答谢你，我要与你永结同心。

不对呀，这好像是青年男女谈情说爱的场景，似乎有点偏离班会主题"感恩回报"。其实，是我想狭隘了。这首诗也可以理解为朋友、亲人之间通过赠与回赠来表达深厚情谊。

诗中的木瓜、木桃、木李是什么呢？查了许多资料，众说纷纭。算得上公认的一个观点是：木瓜、木桃、木李都属于蔷薇科木瓜海棠属植物，分属于不同种。

玉皇山上的木瓜花

我打算先从过往的经验中加以求证。记得曾在夫家山上见过老农晒的木瓜果，便打电话给大嫂求问木瓜花长啥样，又在网上下载图片用微信请教三哥，因为没有见过，总是不敢确认，便委托侄儿帮忙拍照。昨天，侄儿终于拍到了老家湖北玉皇山上的木瓜花，识花软件识别后展示：此木瓜又名榠楂、光皮木瓜、木李。

三月初拍到一枝贴梗海棠，其果实皮皱，又名皱皮木瓜。《中华药典》曾有记载，其果实可入药，有舒筋活络与和胃化湿的功能。

还有一种毛叶木瓜，即木瓜海棠，海棠四品之一，据说小名木桃。果实亦可入药。

要特别说明的是：我们大众食谱上木瓜炖雪蛤的木瓜，不是上述蔷薇科植物，是热带、亚热带常绿软木质大型多年生木本植物，属于番木瓜科番木瓜属。

这么多木瓜把人都搞晕了。要是按照我的理解，解读《木瓜》诗时，大可不必穷究这些，木瓜、木桃、木李，都是随手采摘的野果而已，因为《诗经》的缘故，木瓜、木桃与木李在许多古诗中成了爱情或友谊的信物。举几例为证：

> 玉案愧无酬锦绣，木瓜却用报琼瑰。（〔宋〕苏辙《次韵王荐推官见寄》）
>
> 投我木瓜霜雪枝，六年流落放归时。千岩万壑须重到，脚底危时幸见持。（〔宋〕黄庭坚《走笔谢王朴居士拄杖》）
>
> 平生寂莫凤将雏，惭愧木桃犹报璧。（〔宋〕晁补之《赠段万顷》）
>
> 一曲阳春特相寄，惭将木李报琼瑶。（〔宋〕杨亿《酬谢光丞四丈见庆新命之什》）

柳树 | 昔我往矣，杨柳依依

二月春风似剪刀，裁出柳树的细叶时，柳树也绣出它那嫩黄嫩黄的柔荑花序。柳树不易拍，我在寒风中拍了半天，才对好焦拍到柳花与柳絮。

每每想写柳时，词穷得很是幽怨，古人干吗把那些词写绝了呢！你说，还有什么句子比"袅袅城边柳""万条垂下绿丝绦""杨柳依依"更能表达柳之婀娜多姿，有什么句子堪比"柳絮尚飘庭下雪"呢？

"杨柳依依"出自《诗经·小雅·采薇》：

> 采薇采薇，薇亦作止。曰归曰归，岁亦莫止。靡室靡家，猃狁之故。不遑启居，猃狁之故……昔我往矣，杨柳依依。今我来思，雨雪霏霏。行道迟迟，载渴载饥。我心伤悲，莫知我哀！

诗中描述的是一位戍役军士在山野间采摘野菜、思念家乡、浴血奋战及孤独返乡的故事。我最喜欢的是这几句："昔我往矣，杨柳依依。今我来思，雨雪霏霏。"当年他离开家乡服军役时，杨柳依依春风拂面，可有心爱的人儿依依不舍在送别？如今他返回久别的家乡，雨雪霏霏，寒风袭人，可有至亲的人儿心念切切在等待？

柳花

柳丝

柳絮

　　《诗经》之后，唐诗宋词中也常见关于柳丝、柳花、柳絮的名句。

　　柳丝，即柳树垂下的细枝。柳花，不是单生而是由许多小花按一定排列顺序形成花序。柳的花序为柔荑花序，柔荑花序是无限花序的一种，花轴柔软常下垂，花轴上生着许多无柄单性花，开花后整个花序脱落。柳絮，其实是柳树的种子，上面有白色绒毛，随风飞散如飘絮，所以称柳絮。

　　我在整理记录宋词中的植物时发现，柳出现的频率远远超过其他植物。为什么词人偏爱柳？柳在宋词中有什么意象呢？

　　柳，可以说是春天的使者。当冰雪消融春回大地时，梅花已谢新叶未发，柳芽却不经意地从垂丝上冒出来。柳丝嫩黄嫩绿、袅袅婷婷地随风而动，而且无论是河岸溪边、堤坝桥头，还是宫廷都市、穷乡僻壤，随处可见它的踪影，自然而然，柳成了文人墨客笔下咏春、颂春、惜春与伤春的意象。"细雨斜风作晓寒，淡烟疏柳媚晴滩"，苏轼从细雨斜风、淡烟疏柳中觉察到萌发中的春潮。"春风吹柳日初长，雨余芳草斜阳。杏花零落燕泥香，睡损红妆"，秦观借东风吹拂柳条，为女子春睡春思渲染气氛。"小雨纤纤风细细，万家杨柳青烟里"，朱服则在绵绵细雨、微微春风里，在杨柳密荫的青烟绿雾中发出了惜春伤春的感叹。"群芳过后西湖好，狼籍残红。飞絮濛濛。垂柳阑干尽日风"，欧阳修写出了暮春时节西湖的美：残花轻盈飘落，点点残红在纷杂的枝叶间分外醒目；柳絮飘飞，迷迷蒙蒙；柳丝向下垂落，在和风中摇曳多姿，怡然自得。"楼外垂杨千万缕。欲系青春，少住春还去。犹自风前飘柳絮。随春且看归何处。绿满山川闻杜宇。便做无情，莫也愁人苦。把酒送春春不语。黄昏却下潇潇雨"，女词人朱淑真，通过描写垂杨万缕、飞絮风飘、杜鹃哀鸣、春雨潇潇……把一个多愁善感、把酒送春的女主人公的形象活现在一幅凄婉的画面中。

柳还常常是故国家园的代名词。古人喜欢种柳，家中庭院、山前山后遍植柳树，因而柳常作故乡的象征，它寄寓着人们对家园故土的眷恋。"依依宫柳拂宫墙，楼殿无人春昼长。燕子归来依旧忙。忆君王，月破黄昏人断肠"，南宋词人谢克家不言国破君掳，但写宫柳依依，楼殿寂寂，一种物是人非的今昔之感，跃然纸上。再如姜夔的词："空城晓角，吹入垂杨陌。马上单衣寒恻恻。看尽鹅黄嫩绿，都是江南旧相识"（《淡黄柳·空城晓角》），"问当时，依依种柳，至今在否"（《永遇乐·次稼轩北固楼词韵》）。还有方岳："不见当时杨柳，只是从前烟雨，磨灭几英雄。天地一孤啸，匹马又西风"（《水调歌头·平山堂用东坡韵》）。

由于柳絮易随风飞逝，柳叶经不起秋风折腾很易变黄飘落，柳也往往成为世人感叹时光易逝、青春不再的意象。"叮咛再须折赠，劝狂风、休挽长条。春未老，到成阴、终待共游"，赵长卿以柳来感叹时光的飞逝，怀古伤今。"西城杨柳弄春柔，动离忧，泪难收。犹记多情，曾为系归舟。碧野朱桥当日事，人不见，水空流。韶华不为少年留，恨悠悠，几时休？飞絮落花时候、一登楼。便作春江都是泪，流不尽，许多愁。"此为秦观的暮春别恨之作。"杨柳弄春柔"能使人联想到青春及青春易逝，"飞絮落花"使人感春伤别。"庭院深深深几许，杨柳堆烟，帘幕无重数。"庭院深深，不知有多深？在深深庭院中，杨柳笼上层层雾气，欧阳修寥寥几句，使人们仿佛看到一颗被禁锢的、与世隔绝的伤春之心灵。

柳也是离愁别恨的象征。"柳"与"留"、"丝"与"思"相谐，因而产生了以柳赠别和折柳寄远的风俗。古人与亲朋好友或情人离别，往往折柳相赠以表达对离别者的不舍之情。有词为证："赠我柳枝情几许"（张先《渔家傲·和程公辟赠别》）；"长亭柳色才黄，远客一枝先折"（贺铸《石州引·薄雨初寒》）；"正拂面、垂杨堪揽结。掩红泪、玉手亲折"（周邦彦《浪淘沙慢·晓阴重》）；"渡头杨柳青青。枝枝叶叶离情"（晏几道《清平乐·留人不住》）。

可见，柳在中国古代文学中意象丰富多样，它不仅是离愁别绪的载体，也是青春、美丽和春天的象征。同时，它还承载着人们对故乡的思念和回忆。这些意象共同构成了柳在中国文学中的独特魅力。

泡桐 | 清明桐始发

记不清是第几次来黑麋峰了，这一次来，收获了两种桐花，其中之一便是紫花泡桐。

> 草香沙暖水云晴，风景令人忆帝京。
> 还似往年春气味，不宜今日病心情。
> 闻莺树下沈吟立，信马江头取次行。
> 忽见紫桐花怅望，下邽明日是清明。
>
> ——〔唐〕白居易《寒食江畔》

白居易诗里的"寒食"即寒食节，是中国传统节日。在夏历冬至后的第 105 日，清明节前一二日。这一天禁烟火，只吃冷食。后来逐渐增加了祭扫、踏青、秋千、蹴鞠、斗鸡等风俗。

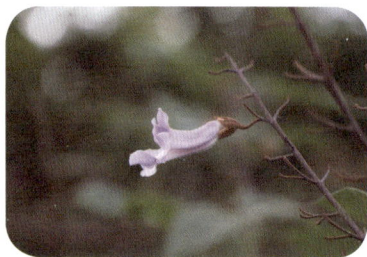

紫花泡桐

清明有三候，"一候桐始华；二候田鼠化为鴑（rú）；三候虹始见"。

虽说早已过了清明，城里的泡桐花也快谢了，而黑麋峰培训基地，一株泡桐开着紫色的花，在夕阳的映照下，显得格外俏生生的，我看得有些痴了。

学校里也有一棵泡桐树，长在合作村一栋前的山坡上，每年春天会开出一树白花。令人痛心的是，长沙一场罕见的冰灾过后，这棵泡桐树连根倒下了。

泡桐原产于我国，属于玄参科植物。《诗经·鄘风·定之方中》就有"桐"的记载："树之榛栗，椅桐梓漆，爰伐琴瑟。"据文献记载，伏羲发明琴瑟。琴与瑟均带有空腔，丝绳为弦。琴初为五弦，后改为七弦；瑟二十五弦。诗里制作琴瑟的"桐"，一般认为是泡桐或梧桐。

李时珍的《本草纲目·木部·桐》也有记载："桐华成筒，

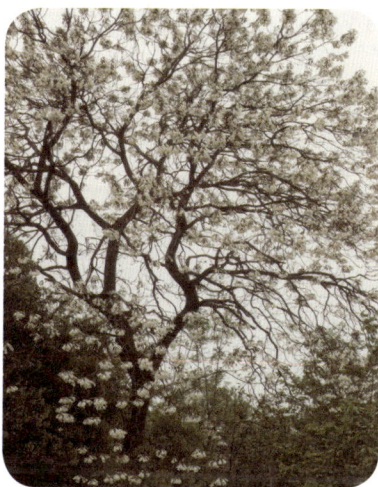

白花泡桐

故谓之桐。其材轻虚，色白而有绮纹，故俗谓之白桐、泡桐，古谓之椅桐也。"

原来泡桐之所以叫泡桐，一是因为木材比较轻虚（俗话就叫泡），二是因为花呈筒状。

《齐民要术》中有个错误："实而皮青者为梧桐，华而不实者为白桐……盖白桐即泡桐也。"泡桐并非"华而不实"，它们也是有果实和种子的。

黑麋峰的泡桐花枝上，还宿存一些去年的果实，果壳已经开裂了，里面膜质翅的小小种子早就不知道飞到哪里安家落户去了。

泡桐的木质疏松，共振好，音质清朗，古代常用它制作琵琶、古筝等乐器。在现代，泡桐材质轻软、防湿隔热的特点，又使它很适合制作航空、舰船模型、胶合板、救生器械等。

白居易的《和答诗十首·答桐花》曾写道："截为天子琴，刻作古人形。云待我成器，荐之于穆清。"

《红楼梦》第八十九回，贾宝玉去潇湘馆看林黛玉，见壁上挂着一张琴，就问怎么这么短？黛玉笑道："这张琴不是短，因我小时学抚的时候别的琴都够不着，因此特地做起来的。虽不是焦尾枯桐，这鹤山凤尾还配得齐整，龙池雁足高下还相宜。""焦尾枯桐"这一典故，出自《后汉书·蔡邕传》。说蔡邕在吴地隐居，见到有人用干枯的桐木烧火煮饭，燃烧爆裂的声音不同凡响，连忙从火中抽出这段桐木，并请人做成了琴，琴音果然美妙绝伦。由于琴的尾部还有焦痕，被称为"焦尾琴"。

我有些好奇现代人制琴是不是还用泡桐木，上网搜了下，出现下面这个标题："兰考县：当年焦裕禄带人种的泡桐树，村民将其制成世界最好的古琴"。

泡桐树的适应能力很强，在贫瘠的盐碱地也能生长。焦裕禄当年带人在沙丘上大规模种植的泡桐树，除了防风固沙外，如今还成为兰考人民脱贫致富的"发财树"。村民用泡桐木制成的古琴、古筝等民族乐器，畅销世界各地。

真是前人栽树，后人乘凉啊。

苦楝 | 楝花开尽尚清寒

> 芦芽抽尽柳花黄，
>
> 水满田头未插秧。
>
> 客里不知春事晚，
>
> 举头惊见楝花香。
>
> ——〔南宋〕李次渊《乾溪铺》

前些日子，学校合作村的两株楝树爆园了。

"一信楝花风，一年春事空"。

楝花是谷雨节气的最后一种"花信风"，当楝花盛开时，意味着春天快要结束，夏天真的要来了。

楝是楝科楝属落叶乔木，因其味苦，人们常叫它"苦楝"。《花镜》记载："树高一二丈，叶密如槐而实，夏开红花紫色，一蓓数朵，芳香满庭，实如小铃，生青熟黄，又名金铃子，鸟雀专喜食之。"

我最喜爱看苦楝的两个时期，一是花期，一是果期。

每一朵楝花都很小，但由上百朵小花构成的圆锥花序，就比较壮观了。远远望去，树冠上紫花如霞，置身树下，微风细雨中的落花有如紫雪飞舞，那感觉真是美妙极了。当然，楝花开得如此壮

棟果

棟花爆圆

棟花

观，本意是招来更多的昆虫前来给它们传粉，以便繁衍后代。

花谢不久，苦楝便会结出许多青绿色的果实，秋季果熟时变为橙黄色，宛如金铃子。当叶片落尽时，满树果子却经冬不凋，在冬日暖阳下微微泛着金光，那场景常常让我看得呆了、痴了。

前天与朋友聚餐，第一次听说洞庭湖区有用苦楝子泡酒的传统做法。在我的认知里，苦楝子不仅苦，还是有毒的。校园里的楝树果常常挂到第二年楝花开时还在，可见很多鸟儿都不爱吃。老辈们为什么要用苦楝子泡酒呢？

据《本草纲目》记载，苦楝子有"除三虫"的功效。在医学上，"三虫"通常指的是小儿三种常见的肠寄生虫病，具体包括长虫（蛔虫）、赤虫（姜片虫）和蛲虫。

　　兴许是湖区的老辈们长期生活积攒下来的经验，用苦楝子泡酒可以杀菌治虫。其实洞庭湖区过去最为令人头疼的是血吸虫感染，是不是苦楝子也能除血吸虫？到知网上搜了几遍，没有找到相关记载，倒是搜到了几篇关于苦楝子杀钉螺（血吸虫的中间宿主）的文章。

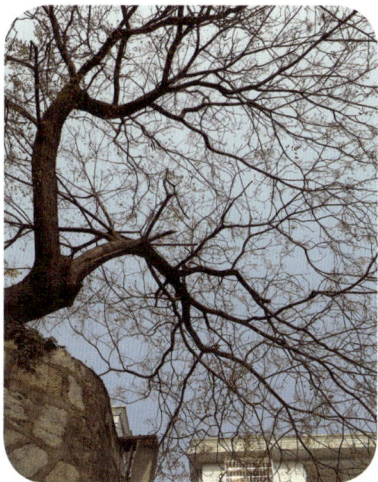

树上挂满金铃子

　　这几天风雨交加，没有外出"添堵"的你可以漫步到楝树下，静静感受一下"小雨轻风落楝花，细红如雪点平沙"的意境。

　　温馨提示："楝花开尽尚清寒"，记得披上外衣，谨防着凉哦。

47

檵木花 | 逢春便见野花亲

附中校园里最为常见的绿化灌木之一是红花檵木，科学楼前琢园的"地图"造景边界、惟一楼与图书馆前造型各异的盆景样植物，还有镕园和广益楼前的紫色"大圆球"，都是红花檵木。

说实话，我一直觉得红花檵木颜色不够周正，叶片红不红、紫不紫的，常被修剪成方形的绿篱和球形的样子，一点儿也不自然，即使开了花，红花配紫叶，又是一团一簇的，怎么看怎么拍都不觉得美，所以，一直没有写它的冲动。

红花檵木

白花檵木

我更喜欢野生的白檵木花。家乡老屋的风急岭上，长有一大片白花檵木。每年清明节时，恰逢檵木花盛开，这白色的花海，时而搅动心绪，时而抚慰我心。

48

让红花檵木渐入我眼帘的，是一次生物实验。

一次，学生做"绿叶中色素的提取与分离"实验，实验室里准备了菠菜叶作为实验材料，我让学生自己准备一些叶片来进行拓展探究，学生捡来了不少银杏叶，我也准备采摘些红花檵木的叶子给学生用。

檵木叶上的糖滴

当我在校园里采摘叶片时，意想不到的事情发生了：有许多叶面摸起来黏黏的，像是摸到了蜂蜜一样，定睛一看，叶面有亮晶晶的液滴样物在其上。我立马想到了糖，斗胆尝了一下，果真有甜味，真的是糖啊！

红花檵木甜甜的糖味让我想起了小时候吃过的枞毛糖。枞毛是什么？枞毛就是枞树的叶子。枞树又是什么？枞树就是松树。小时候打交道最多的一种植物就是枞树。夏天的雨后，枞树底下厚厚的落叶层里，会长出味道十分鲜美的枞菌，我们经常做"采蘑菇的小姑娘"。秋冬季节来临，松针会落满地，我们用一种特殊的工具——"耙子"采回松针叶当柴火烧。运气好的话，还会吃到枞毛糖。枞毛糖长在松针叶基部，松松软软香香甜甜。

这以后的一段时间里，我有些痴狂，逢人便问：你吃过枞毛糖吗？你见过檵木糖吗？为什么檵木会泌糖？师大生科院的陈教授热情地解答了我的问题：低温胁迫下，植物体内的可溶性糖增加，提高渗透压，降低细胞质的冰点。原来今年冬天长沙气候十分反常，干旱无雨。在低温干旱条件下，红花檵木细胞内的可溶性糖增加，用以保水与抗冻，可能是糖分太多，有的便从细胞内分泌出来了。

红花檵木与白花檵木为金缕梅科檵木属灌木，红花檵木是白花檵木的变种。在《植物名实图考》中就有记载："一名纸末花，江西、湖南山冈多有之，丛生幼茎，叶似榆而小，厚涩无齿，春开细白花，长寸余，如翦素纸，一朵数十余，纷披下垂，凡有映山红处即有，红白齐炫，如火如荼。"

在我的眼里，白花檵木是家乡的美丽印象，红花檵木是实验材料，是甜甜的记忆。若落入诗人眼里，则可能会吟唱出这样的诗句：

> 逢春便见野花亲，
> 往覆闲忙旧路尘。
> 轮走蹄轻多少意，
> 世途常似梦中人。
>
> ——〔宋〕宋太宗《缘识》

聚花过路黄 | 野花路畔开

上周二从琢园路过，发现园中新开了一地野生小黄花。仔细观察，发现它的花是 2 到 4 朵集生在茎端的。如果请你帮它们命个名，你会怎么命名呢？

有人很直观地将它称为聚花过路黄，还有人称它为临时救，"望名生义"，它肯定是一种药。

这是我第一次在琢园里发现聚花过路黄，有点小激动。当看到一位园林工人正在琢园的另一区拔除杂草时，我很担心它们被除去，便赶紧采了几枝小花给工人看，并请求他们不要拔掉这些小黄花。理由是这一片野生小黄花给琢园草地添色不少，工人大哥同意了。

我随意找了个矿泉水瓶，把采下来给工人看过的几枝聚花过

聚花过路黄

路黄养着，没有指望养活，是不忍心就这么遗弃它们。

聚花过路黄是报春花科珍珠菜属的一种。夏秋时节当你路过水沟边、田埂上和山坡林缘、草地等湿润处时，不妨低头看一看，大

概率会发现各种各样的过路黄在仰头望着你笑呢。它们的叶子翠绿而柔软，花朵明亮而温暖，充满了生机和活力。它们几乎是匍匐生长，覆盖裸露的地面可以防止水土流失。城市园林中，过路黄逐渐被选用作花境材料。

周末学生集体外出研学，难得一个双休日，我们同事兼闺蜜仨也自驾到安化茶马古道走了一趟。阴雨天，游人很少。花香、树气与负氧离子直扑鼻肺，溪水声、虫鸣与鸟叫声萦绕耳旁，我们恍如进入了世外桃源。

过路黄的花

这次说走就走的短暂出游，让我再次邂逅了聚花过路黄以及它的兄弟姐妹们。同行的数学老师最为眼尖，不时瞄准某种小花，然后指给我看。在我们的眼前，开得最多的是过路黄家族的小黄花。虽然过路黄属于报春花科的植物，但它们却开在初夏时节，填补了四季花卉的空窗期。同行的司长兼摄影师负责拍照，我只需要照顾好自己的腿脚，顺便进行一下花草科普。

就这样走走、拍拍、说说、笑笑，渴了掬一捧山泉畅饮，饿了到农家喝一碗擂茶充饥，那心情像极了卢挚的《沉醉东风·恰离了绿水青山那搭》。

恰离了绿水青山那搭，

早来到竹篱茅舍人家。

野花路畔开，村酒槽头榨，

直吃的欠欠答答。

醉了山童不劝咱，

白发上黄花乱插。

今天神清气爽地来学校上班，发现有个惊喜在等着我：我水培的聚花过路黄居然长出了细细的不定根，应该是养活了。小小过路黄，生命力是如此的顽强，令人敬畏。无论是在城市园林里还是在乡间小路上，有许多像过路黄一样的野花，它们以其鲜艳的色彩和独

新生的不定根

特的形态，为周围环境带来了一抹生机与活力，给路过它们身边的人们带来意外的惊喜。

今天恰逢小满。小小过路黄，让我的生活也小满。

第二篇　绿树荫浓夏日长

桑寄生 | 茑与女萝，施于松柏

有颊（kuǐ）者弁，实维伊何？尔酒既旨，尔肴既嘉。岂伊异人？兄弟非他。

茑与女萝，施于松柏。未见君子，忧心奕奕；既见君子，庶几说怿。

有颊者弁，实维何期？尔酒既旨，尔肴既时。岂伊异人？兄弟具来。

茑与女萝，施于松上。未见君子，忧心恸恸；既见君子，庶几有臧。

有颊者弁，实维在首。尔酒既旨，尔肴既阜。岂伊异人？兄弟甥舅。

如彼雨雪，先集维霰。死丧无日，无几相见。乐酒今夕，君子维宴。

——《诗经·小雅·颊弁》

初读这首诗时，以为是首爱情诗。主要是被这几句所迷惑："茑与女萝，施于松柏。未见君子，忧心奕奕；既见君子，庶几说怿。""茑与女萝，施于松上。未见君子，忧心恸恸；既见君子，庶几有臧。"后来才知道，这是一首贵族兄弟相聚的宴饮诗。诗中写一位地位显赫的贵族请他的兄弟甥舅们来宴饮作乐，赴宴者赋诗一首，表达我等是"茑与女萝"，贵族是"松柏"，生动形象地描绘了亲戚间的依附关系。这种依附关系被诗人巧妙地用来比喻兄弟亲戚间的亲密关系，强调了彼此间的相互支持和依赖。

茑是什么？诗中的茑，是善于攀附的植物，一般认为是现在的桑寄生类植物。桑寄生长啥样？校门前桃子湖边的柳树上，就有桑寄生。

3月，生物组的小伙伴们到湘江边进行野外生态调查，发现了从未见过的紫花琉璃繁缕和银鳞茅。意犹未尽的一行人，返校时又拐到校门前的桃子湖遛了一下。曾经在桃子湖遛过无数圈，并没有什么稀奇之处，可那天我无意中一抬头，发现湖边的一棵柳树有异样。大家围过来一看，易老师说是桑寄生。生平第一次观察到桑寄生，很是惊喜，回头再一看，就在这株桑寄生的对面，还有一棵树上也有桑寄生。机会总是垂青爱观察的人啊。

柳树上的桑寄生

　　桑寄生是什么？桑寄生是桑寄生科钝果寄生属常绿寄生小灌木植物。

　　柳树上的桑寄生是哪来的？桑寄生的果实为浆果，成熟的果实黄黄的，对鸟类来说好看又好吃。桑寄生的果实被鸟雀等动物食用后，种子随粪便被排泄到其他树干上，当种子遇到合适的水分和温度条件时，便会在树干上发芽。发芽后的桑寄生，其根部组织开始侵入寄生体的树皮，随着时间的推移，桑寄生的根部组织与寄主植物融合为一体，形成紧密的寄生关系。桑寄生并不只寄生于桑树，它还可以寄生于桃树、李树、龙眼、荔枝、杨桃、油茶、油桐、橡胶树、榕树、木棉、马尾松或水松等多种植物的茎干或枝条上，寄生在柳树上的桑寄生，估计很多人没有见到过。桑寄生存活条件要求很高，对空气污染极为敏感，是空气污染指示植物之一。桃子湖有桑寄生落户，证明学校周边的环境是真的超级棒。

　　并不是所有的植物都是营自养生活的。有些植物由于根系或叶片退化，或者缺乏足够的叶绿素，不能自养，必须从其他植物上获取营养物质而营寄生生活，这类植物称为寄生性植物。

　　例如菟丝子，夏秋季节常成片生长在湘江边的河滩上。菟丝子叶片退化，叶绿素消失，根系蜕变为吸根，吸根中的导管和筛管与寄主的导管和筛管相连，并从中不断吸取各种营养物质。这类寄生方式称为全寄生，对寄主

菟丝子

损害很大。而桑寄生，它有绿色的叶片，能够进行光合作用合成有机物，但缺乏根系，以吸根的导管与寄主维管束的导管相连，吸取寄主植物的水分和无机盐。由于它们不与寄主争夺有机养料，因而对寄主的影响较小。这种寄生方式称为半寄生。

女萝又是什么？《诗经》中的女萝，一般认为是松萝。松萝与茑一样，也是寄生植物吗？非也。松萝其实是一种枝状地衣，是藻菌共生体，是附生植物而不是寄生植物。地衣中的藻类光合作用制造的有机物供真菌生长，真菌提供藻类所需要的水分、无机盐和二氧化碳，它们之间是互利共生的关系。松萝的菌丝具有黏性，可以黏附在树干或树枝上，细长的丝状体或分枝，增加了与树干的接触面积，从而提高了附着力的稳定性，这使得松萝能够更牢固地挂在树上，不易被风吹落。

附生植物在热带雨林中比较常见，它们通过发达的气生根固定在其他植物的树皮上，并从空气中吸收水分和矿物质来获取营养。这种生活方式使它们能够适应密林的环境，获得更多的光照，并接触更多的动物传粉者。附生植物通常不会对寄主造成损害，而是和谐共生，构成生物多样性的森林景观。

茑与女萝寄生或附生的生物属性，在《诗经》之后的文学中，被赋予更多的意象。《九歌·山鬼》中"若有人兮山之阿，被薜荔兮带女罗（萝）"，以身披薜荔、腰系松萝的山神形象来凸显山神飘忽不定的行踪。女萝这种植物被诗人赋予了各种形神兼备的意义。而在"与君为新婚，菟丝附女萝"这句诗中，用菟丝和女萝来比喻新婚夫妇的亲密关系，表达了彼此间缠绵缱绻、永结同心的美好愿望。

植物丰润了诗，诗美化了植物。

凌霄丨苕之华，其叶青青

又到了凌霄开花时节，满墙的凌霄花再入我眼帘，将我带进先秦时代。

> 苕之华，芸其黄矣。心之忧矣，维其伤矣！
>
> 苕之华，其叶青青。知我如此，不如无生！
>
> 牂（zāng）羊坟首，三星在罶。人可以食，鲜可以饱！
>
> ——《诗经·小雅·苕之华》

一位饥肠辘辘的诗人站在盛开的凌霄花前黯然伤神：凌霄花开得黄艳艳，我却心忧伤，凌霄的叶子长得绿油油，我却穷困潦倒，宁愿自己不曾降生于世上。你看那母羊头大身子小，鱼篓也空荡荡，怎能靠它们饱肚肠！

诗中的苕，古称陵苕，现称凌霄花，紫葳科植物。

正想得入神，耳旁响起了问声：

"老师，那围墙上的花好漂亮哦，它是什么花？"

"凌霄花。"

"凌霄花？是《致橡树》里的凌霄花？是《小雅·苕之华》中的凌霄花？"

凌霄花

凌霄枯枝

一位语文老师旁听到了也问。

"是的，围墙外面那栋宿舍的墙面上，是它们过去繁华的见证。"

学生又问：

"它们为什么枯死了呢？"

"应该是被人剪断了。"

"这么好看的花，人们为什么要剪断它？"

"这——应该是对那栋楼居民的生活有影响吧。"

校园里的凌霄花，我曾经写过几次，今天忍不住再次提笔写它。一是受学生之问的影响，二是因为假期在青岛看到了凌霄花的另一面。

在崂山太清宫内，有两处奇观：一是侧柏凌霄，另一是汉柏凌霄。

据导游介绍，侧柏凌霄的主干是一棵巨大的侧柏树，树龄700多年，这棵树北侧根部生长着一株凌霄树，树龄也有百余年了。凌霄分为三支,像三条青龙紧紧缠绕在侧柏树干上。

汉柏凌霄是青岛树龄最高的古树,据《崂山太清宫志》记载,这棵树是西汉时开山始祖张廉夫亲手栽植的,距今已有2160多年历史。

我是七月下旬到的太清宫,虽然太清宫里的凌霄花花期快要结束,但我还是见识到了凌霄花那种凌云直上、气冲霄汉的气势。

可是,侧柏凌霄的柏呢?柏在哪里?

汉柏凌霄　　　　　　　　　　　　　侧柏凌霄

　　侧柏凌霄图中色深的是侧柏的主干,两旁色浅的是凌霄的枝,绿色的是凌霄的叶。我抬头苦苦找寻侧柏的枝叶,根据叶形找到了一两枝,但完全拍不清,因为画面全被凌霄占满了。倒是汉柏凌霄还可见柏,因为攀援其上的凌霄花目前长势较弱,在柏树的主干一侧有一裂缝,那正是凌霄主枝依附的地方。可是,再过几十年,汉柏凌霄的柏,会不会也像侧柏凌霄的柏一样濒临死亡呢?一旦柏木枯朽,凌霄又何所倚呢?

　　当太清宫里的游人们赞叹凌霄花之壮美的时候，我却深深地替那两株柏木担忧。

　　凌霄花具有超强的攀援能力，靠的是它的气生根。唐代诗人白居易在《有木诗八首》中所吟："有木名凌霄，擢秀非孤标。偶依一株树，遂抽百尺条。"凌霄花长势过于旺盛而抢夺阳光，影响了所攀援植物的光合作用，从而使之渐渐失去竞争能力，长期如此，被攀援的植物便逐渐枯死。

凌霄的气生根

　　凌霄花大多色艳，直冲云霄，气势磅礴。有人赞叹，凌霄没有坚硬的主干，只能靠自身的努力一步一步攀援而上。有人钦佩，凌霄攀附其他植物而上，却又置其于死地。有人气恨……

　　不同的人对凌霄花的态度褒贬不一：

　　　　草木不解行，随生自有理。

　　　　观此引蔓柔，必凭高树起。

　　　　气类固未合，萦缠岂由己。

　　　　仰见苍虬枝，上发彤霞蕊。

　　　　层霄不易凌，樵斧谁家子。

　　　　一日摧作新，此物当共委。

　　　　——〔宋〕梅尧臣《和王仲仪二首·凌霄花》

梅尧臣在《和王仲仪二首·凌霄花》一诗中，通过描绘凌霄花的形象，表达了对这种植物的赞美和敬意，同时也借助凌霄花的意象，传达了自己对于坚韧、不屈不挠精神的理解和追求。

> 披云似有凌云志，向日宁无捧日心？
> 珍重青松好依托，直从平地起千寻。
> ——〔宋〕贾昌朝《咏凌霄花》

贾昌朝的《咏凌霄花》一诗中，凌霄花的意象既包含了积极向上的精神风貌和坚韧不拔的生命力，也隐含了对依赖性和攀附性的警示。这种复杂的意象表达，在赞美凌霄花的同时，也富有深刻的哲理思考。

> 我如果爱你——
> 绝不像攀援的凌霄花，
> 借你的高枝炫耀自己……
> ——〔当代〕舒婷《致橡树》

而在《致橡树》中，凌霄花的意象被舒婷用作批判和反思的对象。她通过这一意象表达了对依附性关系和缺乏独立性行为的否定和警惕。同时，这也体现了舒婷对独立、平等、互相尊重的爱情关系的向往和追求。

回到学生的问题上来，为什么有人要斩断凌霄的根呢？

由于凌霄的攀爬能力特别强，它会铺天盖地占满整个墙面，填满窗户，阻挡阳光洒进，干扰空气流通，导致蚊、虫等滋生，影响住户的生活质量。而且，凌霄花的竞争能力也特别强，养凌霄花的地方，其他植物几乎不能正常生长。所以，有些人不得不忍痛割爱，在凌霄尚未扩散开之前，斩断其根，以绝后患。

凌霄花，美与争议并存，既是壮士的象征，也引发依附与生态平衡的思考。学生之问，让我深思人与自然和谐之道。愿我们在欣赏凌霄花之美的同时，学会尊重生命，与自然和谐共处，让每一个生命都能自由绽放。

碗莲 | 轻轻姿质淡娟娟

接连下了好几天雨后，太阳终于出来了。大清早起来洗衣服、晒被子，忙了一气之后，偶然一低头，一朵莲花映入眼帘。它就像一位婉约的少女静静站立在水中央，真是美丽、生动。我开心地奔走相告：我的碗莲开花了！花如其名——矮楚女。

这盆碗莲是我四月中旬网购来的，当时邮来的是一节真空包装的小小白色种藕，我不知道它能不能活，更不知道它能不能开花以及花开的模样。我又在网上加购了一个陶瓷碗，装了点泥土加了大半碗水，将种藕藏头露尾埋在泥底下后便放在阳台上不再动它了。

矮楚女花开

五月上旬，我发现它的叶子终于冒出来了，一片、两片，再到八九片。新生的叶片两侧内卷，之后慢慢舒展开来，圆圆的叶片或浮于水面，或探出盆外，看起来萌萌的。

六月初，我惊喜地发现它伸出了一个花苞，亭亭玉立于盆中。真担心它纤

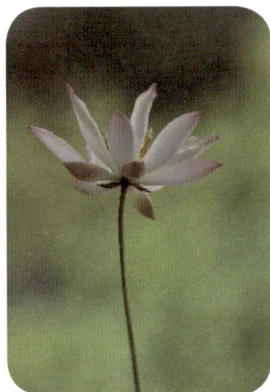

含苞待放

细的花柄难以支撑将要盛开的花朵啊。于是，我赶紧追施了一点钾肥，希望它能长得健壮一点。可是为时已晚，碗莲开花以后，身子便慢慢倾斜，扶也扶不起来了。不过，这丝毫不影响它的美。

碗莲盛开的那几日，我下班回家第一件事便是到阳台上赏莲花。它的花瓣已经微微收拢，白色花瓣有粉色轮廓勾勒着，金黄色的花蕊被簇拥在花心，看得我醉了。它的美，恰如范成大的《州宅堂前荷花》：

> 凌波仙子静中芳，也带酣红学醉妆。
>
> 有意十分开晓露，无情一饷敛斜阳。
>
> 泥根玉雪元无染，风叶青葱亦自香。
>
> 想得石湖花正好，接天云锦画船凉。
>
> ——〔宋〕范成大《州宅堂前荷花》

碗莲，其实就是小型荷花。中国林业出版社出版的《中国荷花品种图志》中提出：凡口径 26 厘米以内盆（缸）中能开花，平均花径不超过 12 厘米，立叶平均直径不超过 24 厘米、平均高不超过 33 厘米者，为小型品种（碗莲）。

我国盆栽莲花的历史很悠久，有诗为证：

> 莫道盆池作不成，藕梢初种已齐生。
>
> 从今有雨君须记，来听萧萧打叶声。
>
> …………
>
> 池光天影共青青，拍岸才添水数瓶。
>
> 且待夜际明月去，试看涵泳几多星。
>
> ——〔唐〕韩愈《盆池五首》

世间花叶不相伦，花入金盆叶作尘。

唯有绿荷红菡萏，卷舒开合任天真。

此花此叶常相映，翠减红衰愁杀人。

——〔唐〕李商隐《赠荷花》

我的碗莲也如诗人描述的一样，"藕梢初种已齐生"，"此花此叶常相映"，它们将来会长出莲蓬、结出莲子吗？于是又跑到阳台上看那朵盛开的莲花。可手一碰到花瓣，它们便掉了，雄蕊也跟着掉了，弄得我的心也碎了。碗莲小小的花托露出来，显然是不能结实的样子。我刚才真的是想多了，莲花的雌蕊往往比雄蕊先熟，家里又没有外来昆虫给它异花传粉，它怎么结出莲子呢？

幸好，刚刚给莲花拍照时又看到一枝花苞悄悄地从水里伸了出来，我是不是该把我的碗莲带到桃子湖去寄养几天？桃子湖里有好多的荷花正在开放，兴许那里的昆虫能帮我的碗莲传点粉呢。

很想挖开淤泥看看碗莲有没有长出新藕，又怕再一折腾莲叶也会被我弄掉，只好跟着诗人想象一下摘一摘青滴滴的莲子、采一采白纤纤的藕的丰收场景。

水上摘莲青滴滴，泥中采藕白纤纤。

却笑同根不同味，莲心清苦藕芽甜。

——〔元〕丁鹤年《竹枝词二首》

想要水中摘莲、泥中采藕，等将来退休后承包一个荷塘吧。

鹅掌楸 | 穿着马褂的"郁金香"

　　2019 年的夏天，天气异常炎热干旱，同事兼朋友几家自驾到衡山的农家小住了几晚避暑。临下山前的那天早上，几个朋友不约而同地早起，想多呼吸一下山上的新鲜空气，让那自由自在的时间多停留一下。在夜色还未完全退去的山间公路上，薄雾轻绕的树林中，几片叶子引起了同伴们的注意。当同伴们问我这是什么植物时，我给他们来了个启发式教学：你们看看这叶子像什么？然后教给他们一个很好记的名字：马褂木。

　　那个美好的清晨，我惊喜地发现，在衡山的这条叫不出名字的公路旁，有成片长得非常茂盛的马褂木。

　　其实在我们湖南师大附中的校园里，也有一棵马褂木，就在科学楼的西侧、校园书店的前面。我们经常从它旁边经过，只不过熟视无睹罢了。

　　除了生物老师，似乎没有人关注过这棵树。它孤零零地站立在校园道路旁，地面上水泥沥青很厚实，北面是实验室、东面是培训室、南面是厕所，还好西面

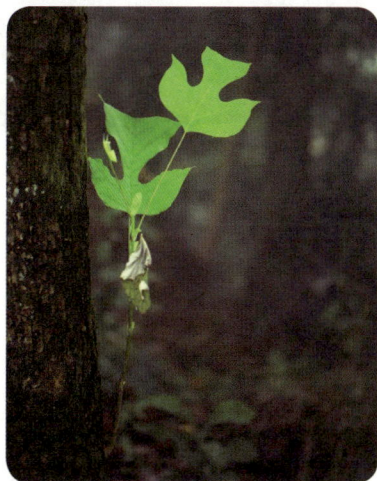

马褂木的叶

没有高楼遮挡阳光，所以它虽然长得有些干瘦，倒也还算精神。我很好奇这棵树的来源，特地打电话问已经退休的老教研组长赵老师，他老人家也不知道。

学校不断地进行校园绿化整修，我有些担心这棵长得不是特别好的马褂木被整改掉，特地作文宣传一下它，对了，它的学名叫鹅掌楸。有诗人（不器斋主人）曾为它赋诗一首：

> 碧树参天绽郁香，谁家马褂浴春光。
>
> 观音隐去莲台驻，待到秋时赐御装。
>
> ——不器斋主人《七绝·咏鹅掌楸》

鹅掌楸花如郁金香

鹅掌楸叶似马褂

诗中的"郁香"及"莲台"源于鹅掌楸的花。鹅掌楸一般是在4—5月开花，花朵较大，通常呈黄绿色，底部橘红色，花形与郁金香相像，它的英文名称是"Chinese tulip tree"，即"中国的郁金香树"。再看看它的花形，似乎也像观音菩萨的莲花宝座，只是观音隐去了。诗中的"马褂"源于鹅掌楸的叶子，与一般植物叶子不同的是，它们的叶子先端平截，或微微凹入，两侧有深深的两个裂片。由于叶形极像马褂，又似鹅掌，因而得名马褂木、鹅掌楸。"御装"则是源于马褂木的叶色，秋天叶子呈现金黄色，像是黄袍马褂加身。

鹅掌楸为木兰科鹅掌楸属的植物，是古老的孑遗植物。化石证据表明在中生代白垩纪时的日本、格陵兰、意大利、法国地区有着该属植物的分布，到新生代第三纪时，鹅掌楸属植物还有 10 余种广布于北半球温带地区，而经历了第四纪的冰期之后，该属的大部分植物灭绝了，只有两种存活了下来，即分布于我国和越南北部的鹅掌楸和分布于北美东南部的北美鹅掌楸。

为什么鹅掌楸家族如此孤单寂寞？资料表明有如下几点原因：

一是鹅掌楸的花粉产量较低；二是雌蕊可授粉时期很短；三是花色单调，花瓣为绿色，缺乏对多数昆虫的吸引力，且花期一般在 4—5 月，正值多雨季节，气温变化较大，这可能会妨碍昆虫的正常活动，从而影响花粉的传播和受精；四是鹅掌楸的遗传多样性水平较低，这可能导致自交和遗传漂变等现象，从而影响种群的生存能力。

2006 年的植树节，国家邮政局首发了《孑遗植物》特种邮票，1 套 4 枚。

《孑遗植物》特种邮票

71

邮票中的四种植物依次是银杏、水松、珙桐和鹅掌楸，它们都是非常有名的孑遗植物，前三者为我国特有，鹅掌楸则主要分布于我国和越南北部。

看到这，你是不是觉得鹅掌楸的形象瞬间高大起来，是不是觉得我们应该好好爱它和待它？对校园的这棵属于国家二级保护植物的鹅掌楸，我们是不是要考虑给它松下土、施点肥？如果能够再移栽一棵北美鹅掌楸来与它为邻，兴许会产生一堆杂交鹅掌楸后代，岂不美哉！

"谁家马褂浴春光"，让我们一起来寻找与保护这些穿着马褂的"郁金香"吧。

蝴蝶兰｜花为悦己者容

千古幽贞是此花，不求闻达只烟霞。

采樵或恐通来路，更取高山一片遮。

——〔清〕郑板桥《高山幽兰》

四月的一个周末，红与娟到平江某山去徒步，给我发来了疑似独蒜兰的照片，把我羡慕得不得了。找她们讨要原图时，娟叮嘱我千万不要透露具体位置，怕别人知道了去盗采。她说得没错，独蒜兰可是国家二级保护植物，我赶紧把山名改成某山了。

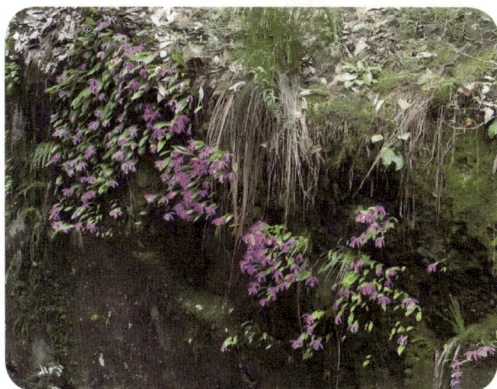

独蒜兰

若干年前我曾经养过一盆建兰，买来时花开正好，养着养着便发现它的叶子一片接一片地变黑，最后被我养没了。痛定思痛，这以后我再也不买兰花来养了。

五月，生物组的宇星老师上了一堂公开课，讲兰花与昆虫的协同进化，她自费买了好几枝非常漂亮的蝴蝶兰，让学生分组观察兰科植物花的特殊结构。感动又佩服之余，我萌生了要写兰花的想法。

独蒜兰、建兰、蝴蝶兰都属于兰科植物，分别属于独蒜兰属、兰属与蝴蝶兰属。在我国传统文化中，与梅、竹、菊并列被视为"四君子"之一的兰花，大多是兰属植物。

兰花花型奇特、颜色淡雅，香气清幽，被人们用于寄托情感、言志咏怀。孔子说"芝兰生于深林，不以无人而不芳；君子修道立德，不以穷困而改节"。郑板桥说"一竹一兰一石，有节有香有骨"。卢纶说"佳人比香草，君子即芳兰"。

对于兰，我还有什么可以说的呢？我想，我可以说：兰为悦己者容。没有听说过吧？且听我慢慢道来。

我们在生活中常见的带兰字的花卉中，吊兰、韭兰、君子兰等其实都不是兰科的兰花。兰花之所以为兰花，还得看它们的几张特殊名片——合蕊柱、唇瓣与花粉块。

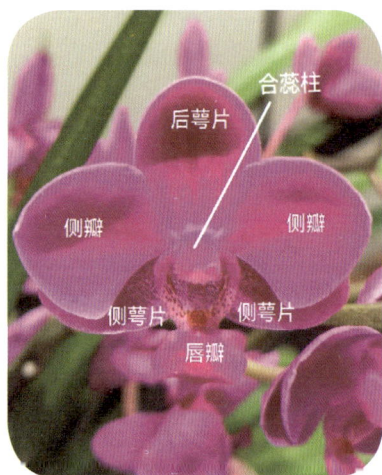
蝴蝶兰花的结构

兰花是单子叶植物，花基数往往是3。如蝴蝶兰花，花两侧对称，花瓣与萼片各3枚。兰科植物花部的特征表现出对昆虫传粉的高度适应，如兰花常大型，有香气，唇瓣色彩艳丽，形态奇特，易于引诱昆虫，这些特征别的花也常有。我重点要说的是兰花高度特化的唇瓣、合蕊柱和花粉块。

兰花的唇瓣就像个停机坪，专供传粉昆虫着陆用，有的兰花唇瓣基部向后延伸出长达 30 厘米的花距，将花蜜深藏在花距的底部，只有那些具有超长口器的传粉昆虫才能吸食到它的花蜜，它们要近距离地亲密接触，才能实现花为虫供粮，虫替花传粉的双赢。

药帽

合蕊柱

合蕊柱

兰花的雌蕊和雄蕊融合在一起形成一个柱状结构，叫合蕊柱。雌蕊的柱头变成一个小空腔，上面有较多的黏液，这个空腔成为花粉着陆和萌发的平台。在柱子的最前端有一个小帽子叫药帽，药帽外面隐约可见几粒花粉块。普通花朵的花粉都是一粒一粒分散着的，但是，兰花的花粉则是黏糊糊的一团，有的还隐藏在蕊柱上的机关当中。

我用镊子将蝴蝶兰的药帽轻轻一揭，药帽连同两团黄色的花粉块就离开了合蕊柱，想要将它放到纸上拍个照，发现它黏在镊子上弄不下来了。原来镊子正好夹到了它们基部的心形透明的黏盘上，这黏盘恰好是兰花的秘密武器。兰花花蜜多藏于唇瓣基部的距内或蕊柱的基部，当昆虫进入花内采蜜时，降落在唇瓣上，头部恰好触到花粉块基部的黏盘上，昆虫离开花朵时，就会带着黏附在上面的花粉块而去，当它造访另一朵花时，花粉块恰好又触到有黏液的柱头上，帮助蝴蝶兰完成了异花授粉。

为了传宗接代，有些兰花甚至通过拟态欺骗昆虫前来帮助传粉。

有一种名叫蜜蜂兰的兰花，在它们分布的区域，有一种叫地花蜂的蜜蜂。经过长期的自然选择，蜜

花粉块与黏盘

蜂兰的唇瓣长得就像蜜蜂的腹部，甚至花瓣上还长满了茸毛，这模样恰好与雌性地花蜂相似。当雄性地花蜂进入繁殖期后，就会被蜜蜂兰吸引。不仅如此，蜜蜂兰甚至还能释放出与雌性地花蜂身上的性激素十分相似的气味，吸引雄性地花蜂前来"求爱"，这骗术真的是太高明！

我说兰为悦己者容，一点也不假吧。

薯蓣｜一杯山药进琼糜

> 腐儒碌碌叹无奇，独喜遗编不我欺；
>
> 白发无情侵老境，青灯有味似儿时；
>
> 高梧策策传寒意，叠鼓冬冬迫睡期；
>
> 秋夜渐长饥作祟，一杯山药进琼糜。
>
> ——〔宋〕陆游《秋夜读书每以二鼓尽为节》

今天向陆游学习，弄了一锅山药汤做晚餐。不是因为"饥作祟"，而是这几天忙个不停地命题、做题、讲题，脑力消耗较大，加上昨晚又打了近两个小时的羽毛球，体能储备耗尽。于是炖了一锅山药鸡汤，汤里加几粒零余子，以补脑强身。

记得五一假期时，闺蜜玲在山里采了一株植物让我们猜猜她挖到了什么宝。我说是薯蓣，她纠正说是淮山，当时我还以为自己认错了。后来我突然醒悟，薯蓣的地下根状茎，不就是淮山吗？

淮山也叫山药，为薯蓣科植物薯蓣的根状地下茎。它的叶片变异大，从卵状三角形至宽卵形或戟形不等，地上的茎纤细藤本，往往缠绕在其他植物或栏杆等上面生长，地下茎则变态成肉质，垂直深入地下生长，有的长达 1 米多。

薯蓣的珠芽（零余子）

薯蓣的果实

　　性子急的朋友可能忍不住要问了：炖汤的另一种食材"零余子"是哪里来的？它又是什么呢？

　　零余子是长在薯蓣叶腋间的珠芽，也就是贮藏养料、形态肥大的芽，落地后能发育成新的个体。它本质上和山药是一样的，只不过一个小小的长在地上，一个大大的长在地下，都可以通过无性繁殖繁衍后代，它们食用起来的口感和味道也差不多。

　　王冕曾为山药赋诗一首：

山药依阑出，分披受夏凉。

叶连黄独瘦，蔓引绿萝长。

结实终堪食，开花近得香。

烹庖入盘馔，不馈大官羊。

——〔元〕王冕《山药》

　　诗里描述了薯蓣的形态结构特点，其中的"叶连黄独瘦"引起了我的好奇。"黄独"是什么？它是一种薯蓣科薯蓣属的多年生缠绕草质藤本，和山药属于近亲，不管是从外形还是叶片来看，它们都有很多相似的地方，而且，黄独的叶腋间也长有珠芽，称为黄独零余子。

资料表明，黄独零余子有微毒。看到这里，心生疑虑：我今晚吃的是黄独零余子还是山药零余子？资料表明，黄独零余子去掉外皮呈青绿色，切开面很快就会变成黄色。山药零余子去掉外皮呈白色。我的汤里还有一粒，切开一看，肉质白色，应该是山药，幸好！

回到"叶连黄独瘦"这一句，诗人想表达什么意思呢？该不会是把薯蓣与黄独弄混了吧？

宋代张镃也为山药作词：

种玉能延命，居山易学仙。

青青一亩自锄烟。

雾孕云蒸、肌骨更凝坚。

熟梁蜂房蜜，清添石鼎泉。

雪香酥腻老来便。

煨芋炉深、却笑祖师禅。

——〔宋〕张镃《南歌子·山药》

词人以山药为线索，通过细腻的笔触和生动的描绘，展现了一幅宁静、和谐而又充满哲思的山居生活图景。张镃的满足和快乐来自于对平凡生活的热爱和珍惜，来自于对自然和食物的敬畏和感恩。

过于忙碌的我们，是不是该向古人学习呢？

柳 | 无心插柳柳成荫

柳条百尺拂银塘，

且莫深青只浅黄。

未必柳条能蘸水，

水中柳影引他长。

——〔宋〕杨万里《新柳》

　　玲是个数学教得很好的植物爱好者，有一双善于发现植物美的眼睛，经常给我传来一些重要信息。这不，周日晚上又收到她拍的一张图片，一株柳树上似乎开了"红花"，她在望月公园的池塘边赏柳时拍到的。

　　是树上长了红苔藓或真菌，还是红花檵木的老桩开了新花？她的疑问激起了我强烈的好奇心，真想立马去探个究竟。

垂柳

　　周一带了相机出门，准备抽空去找一找这些"红花"。但这一天很忙，加上下雨，没有成行。周

80

二上午忙完了工作后，我便直奔望月公园。按照玲的指点，我从咸嘉湖路上的大门入园，很快就在近门口的池塘边看到那棵高大的柳树，树上绿色的苔藓与红色的须状物相间分布，十分打眼。

柳树的气生根

走近，看一看，摸一摸，才知道，这些"红花"不是苔藓，不是真菌，更不是红花檵木的花。究竟是什么呢？我一时有些摸不着头脑。

这株柳树的旁边长有一排凌霄，我顺便拍了些凌霄花和它的气生根。拍着拍着，脑子里灵光一闪，柳树上的"红花"是不是也是气生根之类的东西呢？我立马上网输入关键词：柳树、红色、气生根。结果发现，就在前几天，多名网友在西湖白堤的柳树上也发现了这些"红花"，它们果真是柳树的气生根。

什么是气生根？它们有什么用？

正常的根是长在地下的，用以吸收土壤中的水分及无机盐，并支撑植物体的地上部分。气生根是由植物茎上生出的，是生长在地面以上、暴露在空气中的不定根。

热带、亚热带的榕树等植物的气生根长大后伸入土壤，起支持和吸收作用，也叫支柱根。

常春藤、凌霄等植物的气生根通常从藤本植物的茎上长出，能够分泌黏液，攀附于其他物体上，因而也叫攀缘根。

长期生长于沼泽地带或水边的植物，如广东沿海一带的红树，由于土壤中缺乏空气，造成根部呼吸困难，为适应这种环境，一部分根背地向上生长，露出地面，以适应呼吸。这类根有发达的通气组织，表皮有皮孔，可把空气输送到地下，供地下根呼吸，这类根也叫呼吸根。

生活在池塘边的柳树，为什么也长出了气生根？为什么往年没有见到而今年却发现了呢？今年的初夏，长沙多雨，空气闷热、潮湿，有时几乎让人透不过气来，柳树可能也有这些感觉，它们的响应措施便是长出这些红色的小鼻子一样的气生根，用于呼吸透气。

校园柳树的气生根

带着这一新发现，我特地到学校琢园和桃子湖走了一圈，发现这里的柳树也生出了气生根，只是不像望月公园里柳树的气生根那样密集，所以没有引起人们的注意。这几天天晴，空气湿度明显下降，这些气生根便呈萎蔫状了，大概是完成了它们的使命，功成身退。

我在望月公园、桃子湖公园、附中校园里观察了多种高大乔木，发现只有柳树长了气生根，且柳树的气生根都长在老树干上，是从树皮裂缝处生出来的。

柳树是极易生根成活的树种，枝条的各个部位都具有大量的不定根根原基。在条件适宜的时候，这些不定根根原基就会生长出来直接成为根，因而"无心插柳柳成荫"。

很是好奇：为什么柳树的不定根会是鲜艳的红色？这对它的生存有利吗？

紫薇丨晓迎秋露一枝新

看到紫薇二字，怕是不少人脑子里会浮现《还珠格格》里的紫薇和小燕子吧。也难怪，有那么几年，一到暑假，电视台就要重播《还珠格格》，似乎大街小巷到处都能听到那"啊~啊，当山峰没有棱角的时候，当河水不再流，当时间停住日夜不分，当天地万物化为虚有；我还是不能和你分手，不能和你分手，你的温柔是我今生最大的守候……"的主题曲。

不过，今天我要说的不是人，而是植物中的紫薇。

紫薇，千屈菜科的植物，别名痒痒树、光皮树等，花期长，6—9月持续开放，故有"百日红"的美称。紫薇的花色种类较多，紫的、白的、粉的、红的，还真的可以配上"姹紫嫣红"这个词。

紫薇的茎有些特别，幼枝呈方形，而成熟的树干则变得非常光滑，这是因为它的表皮在生长的过程中不断地长出又脱落。

紫薇之所以叫痒痒树，是因为只要轻轻摸一摸紫薇的树干，上端的枝条就会抖动起来，好像很怕痒似的。至于紫薇为什么会怕痒，个人认为这个解释比较靠谱：紫薇树的树冠较大，但是树干细而长，"头重脚轻"，重心不稳，因而稍一触动就会"浑身颤抖"。为了验证这一说法，我来到桃子湖"做实验"。实验方法很简单，那就是一见到长相与紫薇类似的植物就用手轻抠一下它的树干，看看它们是不是也怕痒痒。我的举动惹得路过的游人投来好奇的目光，一对母子也想加入，我便请小朋友跟我一起来做这些小实验。

经过一番探究，我们的实验结论是：凡枝干比较细长的灌木，都怕痒痒，轻轻抠一抠它们的树干，上面的枝条都会动起来。

但为什么只有紫薇树独享"痒痒树"之名呢？我的推论是：由于紫薇树干光滑，看见的人们可能都会好奇地摸一摸它，加上它的花大多聚集在细长枝条的顶端，头重脚轻，所以显得特别"怕痒"，"痒痒树"之名便由此传开。

紫薇的花瓣边皱起来呈波浪纹状，下端形成细细的长柄与花托相连。每片花瓣都像是一片漂亮的丝绢，非常吸引眼球，当然更吸引昆虫前来为它们传粉。

紫薇花瓣

紫薇花有两种不同的雄蕊：位于花朵中央的雄蕊生于萼筒基部，其花药金黄，花丝短细，数量较多，这种雄蕊称为给食型雄蕊，花粉较小且不育，主要作用是"引诱和犒赏"传粉昆虫。外围6枚雄蕊着生于花萼上，花丝长而弯曲，花药褐色而不易被发现，称为传粉型雄蕊，花粉较大，专门用

给食型雄蕊

传粉型雄蕊

紫薇雄蕊

来繁殖。当传粉昆虫被金黄色的花粉引诱在花中央的短雄蕊采集花粉时，外围长雄蕊的花粉就会因振动而散落在传粉昆虫的背部。紫薇花的雌蕊只有1枚，与传粉型雄蕊的颜色、长度和弯曲度都很相似，其花柱并不在花的正中，而是在一侧弯曲，使柱头位于传粉型

雄蕊之间。这种结构有利于传粉昆虫在访问花朵时，将花粉从雄蕊带到雌蕊上，从而实现异花传粉。

紫薇花的有效传粉昆虫主要是膜翅目的蜂类昆虫，如熊蜂和中华蜜蜂。这些昆虫飞行速度快，访花时间长，且能直接降落于雄蕊群中，通过翅膀和身体的高频振动将花药上的花粉抖落，从而有效地帮助紫薇花进行传粉。

紫薇花色艳丽、花期长，在古诗中常见。

> 晓迎秋露一枝新，不占园中最上春。
>
> 桃李无言又何在，向风偏笑艳阳人。
>
> ——〔唐〕杜牧《紫薇花》

一枝独秀、不与桃李争春的紫薇，更显其淡泊高雅。

> 丝纶阁下文书静，钟鼓楼中刻漏长。
>
> 独坐黄昏谁是伴，紫薇花对紫微郎。
>
> ——〔唐〕白居易《紫薇花》

花团锦簇、热烈开放的紫薇，更显当值枯坐、寂寞无伴的紫薇郎之空虚无聊。

6月底，当普瑞大道、金星路的紫薇花盛开时，附中校园里的紫薇花却还没有一点要开的意思，每每路过镕园和琢园，我总要停下来看看它们萌了花苞、开花了没有。这两天，花儿们终于萌动了，镕园的紫薇花越开越旺。

紫薇花的花语之一是幸运。如果你的周围开满了紫薇花，那么那些花朵会化作紫薇仙子守护你，带给你一生一世的幸福。

写着写着就写到了高考日，我突然大悟：原来校园的紫薇花等到此时盛开，是为了带给孩子们好运。

孩子们：沉着应考，硕果终现！

家长们：充满信心，静待花开！

莲 | 濯清涟而不妖

莲是莲科莲属水生草本植物。清人徐灏说莲之所以叫莲，是因为莲蓬形状像蜂巢一样相连。"莲花"即荷花，"莲蓬"即莲的聚合坚果，"莲子"即莲的种子，"莲藕"即莲的地下茎，"藕梢"是莲的幼嫩根状茎。

莲

生物老师读文学作品时，难免会犯些职业病。例如，在读《爱莲说》时，我就自问自答了以下几个问题。

第一个问题：莲为什么"出淤泥而不染"？

荷花和荷叶的确是从污泥中长出来的。但它们从污泥中挺出水面后却一尘不染。是因为它们的表面十分光滑，污垢难以停留吗？不是。科学家用扫描电子显微镜观察，发现荷花的花瓣表面像毛玻璃一样粗糙，满是 20 微米大小的"疙瘩"。那天去拍荷，我特地用手摸了摸荷叶，发现荷叶表面并不光滑，摸起来有如丝绒般的

88

手感。

从电子显微镜下看荷叶表面的结构，发现荷叶看似粗糙的表面上有着精细的微米加纳米的双重结构：荷叶的表面生长着许多高度约为 5～9 微米、间距约为 12 微米的乳突，每个乳突表面上又生长着许多直径为 200 纳米的蜡状突起，这相当于在"微米结构"上生长着"纳米结构"。在荷叶的表面，这种蜡状突起间的凹陷部分充满着空气，这样就紧贴叶面形成了一层极薄、只有纳米级厚的空气层。这使得在尺寸上远大于这种结构的灰尘、雨水等降落在叶面上后，被一层极薄的空气阻挡，不能钻入突起的间隙内部，只能在突起的顶端流动。雨点在自身的表面张力作用下形成球状，水球在滚动中吸附灰尘并滚出叶面，这就是荷花效应能自洁叶面的奥妙所在。

荷花效应既疏水也疏油，在仿生学方面有着广阔的应用前景。利用这一原理可以制作人工的防污表面，因为它基于纯物理的原理。许多领域需要这种应用，如衣料的外表面、屋面、房顶、自动喷漆器，等等。

第二个问题：莲为什么"中通外直"？

周敦颐用莲的"中通外直"来比喻人心胸开阔，行为端正。而荷之所以中通外直，是长期适应水中缺氧生活的结果。

莲具有很发达的通气组织，它的叶柄、花柄及茎（藕）中都有很多孔眼，这就是通气道。孔眼与孔眼相连，彼此贯穿形成一个输送气体的通道网。这样，莲即使长在氧气缺乏的污泥中，仍可以生存下来。其通气组织还可以增加浮力，维持平衡，这对水生植物非常有利。

轻轻折断荷的叶柄或藕，你会发现"藕断丝连"的现象。荷的叶柄和茎上有一些与人体血管功能相似的组织，称为导管，具有运输营养物质的作用。在折断藕时，导管内壁增厚的螺旋部脱离成为螺旋状的细丝，直径仅为3～5微米。这些细丝很像被拉长后的弹簧，在弹性限度内不会

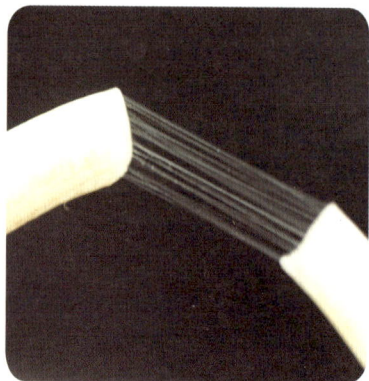

藕断丝连

被拉断，一般可拉长至10厘米左右。因此，虽然藕被切断了，却仍然保持着一定的连接，这也是我们常常说"藕断丝连"的原因。

第三个问题：莲真的"不蔓不枝"吗？

走近荷塘，肉眼能看到的不蔓不枝的部分，实际只是挺出水面的叶柄或花柄，而荷的地下茎则长在淤泥里，在节和节间，也是有分枝的。

第四个问题：莲"香远益清"有什么意义？

分枝多多的地下茎

荷花是两性花，花芽从地下茎的叶腋萌发长出，花蕾着生于花柄顶端。花的结构有些与众不同，自外向内依次为花被（萼片与花瓣）、雄蕊（多数）、倒圆锥形花托及埋藏于其中的雌蕊群。雄蕊顶端着生一长椭圆形附属物，表面分泌众多球形颗粒（腺体）。由

于荷花色艳粉香，可以更好地吸引蜜蜂等昆虫前来帮助其传粉，从而繁衍自己的后代。花托发育膨大为莲蓬，花完成受精后，花托内的雌蕊将会发育成莲子。

　　综上可见，《爱莲说》中不仅蕴含着深刻的文学内涵和哲学思想，还蕴含着丰富的生物学原理。

荷花

车前草 | 采采芣苢，薄言采之

当你在田野、湖畔的小路上散步时，你会在不经意间踩到一种小小植物——车前草。你可曾想到要为之赋诗一行？我倒是想，就是肚里无墨啊。

三千年前的古诗人，却信手拈来一首：

> 采采芣苢（fú yǐ），薄言采之。采采芣苢，薄言有之。采采芣苢，薄言掇之。采采芣苢，薄言捋之。采采芣苢，薄言袺（jié）之。采采芣苢，薄言襭（xié）之。
>
> ——《诗经·周南·芣苢》

诗的大意是：

采呀采呀采车前，采呀采呀采起来。采呀采呀采车前，采呀采呀采得来。采呀采呀采车前，一片一片摘下来。采呀采呀采车前，一把一把捋下来。采呀采呀采车前，提起衣襟兜起来。采呀采呀采车前，掖起衣襟兜回来。

诗中的"芣苢"，即车前草。吟诵这首诗的时候，眼前仿佛出现这样一幅画面：春末夏初，田野里的小花小草们花花绿绿，少男少女们也纷纷从家里走了出来，他们在田野里边采着野菜边玩耍着，兴尽后用衣襟兜着野菜满载而归。

　　不禁想起自己小时候采野菜的情景来。每年的春天，荠菜、黄花菜、卷耳等野菜冒出来的时候，村里的小伙伴们便约着一起出去采野菜，不过那不是给人吃的，而是用来喂猪的，所以我们叫"打猪菜"。打满一筐猪菜是必须的，不然回家会挨骂。而在打猪菜的过程中，小伙伴们可以一起欢天喜地地打打闹闹、玩玩游戏，那才是我们主动出门打猪菜的真正乐趣所在。

　　不过，我们打猪菜时从来不采车前草，老一辈传下来的猪菜菜单中没有这一项。倒是听说车前草可以清热利尿，小时候看到有人采来煎水喝。前几年，有一次我因为鞋子穿得不合适，导致足弓处疼痛，便到附近的武警医院看医生。给我看病的老医生建议我用车前草煮水来泡脚，于是闺蜜帮我采了一大把车前草。没想到，泡了几天车前草水后，脚果然不痛了。

　　车前草属于车前科车前属植物，种类不少。我拍到的车前草有的全身被毛，这种可能是北美毛车前，而常见的车前草叶片表面是光滑无毛的。

车前草

很是好奇车前草名称的由来，查到了几个版本。一个是野史：相传汉代名将马武，一次带领军队去征服武陵的羌人，由于地形生疏打了败仗，被围困在一个荒无人烟的地方。当时正值盛夏，天旱无雨，军士和战马都因缺水而得了"尿血症"。一名马夫偶然发现有三匹患尿血症的马不治而愈，他感到很奇怪，便寻根追源，只见地面上一片牛耳形的野草被马吃光。为证实其效果，他亲自试服，也见效了。于是马夫便将这一发现报告马武。马将军大喜，问这草生在何处？马夫说："就在大车前面。"马武笑曰："此天助我也，好个车前草。"车前草的名字就这样流传下来。另一个版本是《本草纲目》中的记载，陆玑《诗疏》云："此草好生道边及牛马迹中，故有车前、当道、马舄（xì）、牛遗之名。"

在我的家乡，你说车前草，没有人知道，但你把车前草给乡亲们看，他们保准会说，这是蛤蟆草。家乡人把青蛙叫蛤蟆，大概是因为我的家乡没有马车，而车前草的叶形和叶色看起来像青蛙的背一样，所以车前草被形象地称为蛤蟆草。

一株平凡小草，竟牵起《诗经》的吟诵、战马的传奇和乡野的童年记忆。写到这里，不禁对车前草又多了一份敬意。

罗汉松 | 身是菩提树

与同事们到桃子湖散步，发现罗汉松结了种子。同行的桃子说，罗汉松的种子泡水喝，可以润肠通便、补元气。那天天色已晚，加上怕拖累了同行的人，没有停下来拍照。

为了研究罗汉松的种子，我悄悄地摘了一粒放在裤袋里，回家后发现种子被磨掉了外面的白粉。拍下照片再看，发现这粒种子很有意思，看起来就像个光头小孩似的。

再看看下图，昨天请了一个学生帮忙拉开叶片才拍清楚的种子，是不是像披着红色袈裟的小罗汉？小罗汉的光头是罗汉松的种子，下面红色的部分是种托。种托新生时为绿色，成熟后变红，据说最后会变紫。这下知道罗汉松为什么叫罗汉松了吧。

罗汉松与松树一样都属于裸子植物。裸子植物的主要特征是胚珠裸露，无子房壁包被，无真正的花，胚珠受精后发育成种子。由于种子无果皮包被而裸露在外，所以叫裸子植物。裸子植物是无果实的，以后看见罗汉松的种子不要叫罗汉松的果实，更不要叫"罗

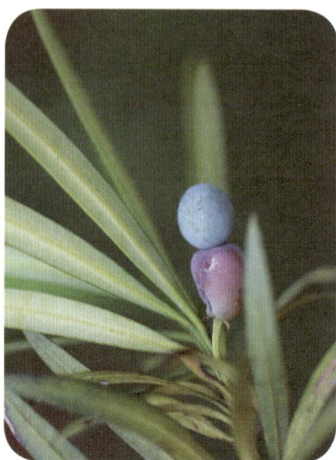

罗汉松的种子

汉果",罗汉果是一种葫芦科植物结的果子。

罗汉松不是松树，松树属于松科，包括多种松树种类。罗汉松属于红豆杉纲罗汉松科罗汉松属植物。罗汉松雌雄异株，雄球花完成传粉受精的任务后便枯萎掉落，而雌球花则发育成种子。

湖南师大附中的校园也种有许多罗汉松，以前没有见到罗汉松的种子，主观原因是平时没有关注过它们。昨天才发现还有一个客观原因：校园里原有的罗汉松大多数为雄株，根本不结种子；而且雌株的种子深藏在叶片之间，不走近仔细观察很难发现。

这两天我特地到学校里的各大园子转了一圈，并对每一棵罗汉松进行了一番雌、雄株的辨识。结果是：执中楼东南侧的罗汉松是雄株，上面还残存着一些干枯的雄球花；图书馆前的两棵罗汉松没有结种子，应该是雄株，不过没有发现干枯的雄球花。只有科学楼后面学生公寓东侧的那棵罗汉松，上面可见稀稀疏疏的几粒种子，肯定是雌株了。倒是新建的漉园里，新种了两棵罗汉松雌株，这两棵罗汉松虽然有些瘦小，上面却长了不少种子。种子的种托已经变红，非常好看。不过，虽然罗汉松的种子好看、种托可食，但请不要随意采摘。种托的功能应该有二：一是支撑种子，二是吸引鸟类来啄食，从而替它传播种子。

罗汉松因名字与佛有缘，种子形态奇特，枝干苍劲古朴，枝叶四季常青，因而在庭院、寺庙中很常见。罗汉松在佛教中象征着富贵、吉祥、长寿与传承，这与佛教中罗汉"普度世人"的精神相契合。明代文学家屠隆曾经赋诗一首赞美罗汉松：

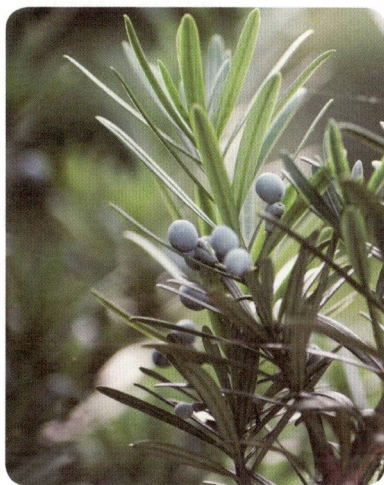

罗汉松

何年苍叟住禅林，百尺婆娑万壑阴。
四果总来成佛印，一官应不受秦侵。
灵根岁月跏趺久，老干风霜面壁深。
谡谡回飙响空谷，犹闻清夜海潮音。

——〔明〕屠隆《罗汉松》

岳麓山的麓山寺有几棵古老的罗汉松，其中一棵罗汉松有一千五百多年的树龄，因六朝时代就有了，又称"六朝松"。1939年至1942年长沙会战期间，日本侵略者轰炸长沙，千年古刹麓山寺被炸毁，而寺前的罗汉松却安然无恙。

麓山寺的六朝松

罗汉松，身似菩提，寓意吉祥。从文人墨客的诗篇到校园庭院的绿意，再到岳麓山的六朝松，它不仅是自然的馈赠，更是历史与文化的见证。让我们在欣赏中学会尊重与保护，让这份绿意长存。

芄兰 | 芄兰之支，童子佩觿

计划总是赶不上变化。原本打算今天到外面溜达一圈，晒晒太阳，顺便拍些植物什么的。可惜早起透过窗帘缝隙往外望，发现天气转阴了。失望之余，只好改变计划。我随手拿了一张存储卡，准备把在相机存储卡里积攒了许久的植物照片建档分类。我一边翻看照片，一边整理，突然被一藤本植物——萝藦所吸引。再一查，发现萝藦即芄兰。

芄兰！终于找到你了！真想奔走相告。

芄兰是一种什么植物呢？《诗经》中有写到芄兰。

芄兰

芄兰之支，童子佩觽（xī）。

虽则佩觽，能不我知？

容兮遂兮，垂带悸兮。

芄兰之叶，童子佩韘（shè）。

虽则佩韘，能不我甲？

容兮遂兮，垂带悸兮。

——《诗经·卫风·芄兰》

这首诗的大意是：

芄兰的枝蔓在不断伸长，那个小子也佩了觽。

虽然他已佩戴了成人的饰物，难道他真的会把我忘记？

看他衣带拖地，人还不够高，却已是一本正经的模样。

芄兰的果子连着叶子，那个小子穿戴上了成人的饰装。

虽然他穿戴上了成人的饰装，难道与我不相亲？

你看他衣带拖地，人还不够高，却俨然一副老成的模样。

诗中童子所佩的"觽"，是古代一种解结的锥子，也会用来作为佩饰；"韘"则是古代射箭时戴在手上的扳指，外形呈卵状心形。

芄兰（萝藦）的果实呈锥形，而叶子则呈心形，诗中用芄兰来起兴，委婉细腻地表达小女孩的幽怨、嘲讽与柔情，真是用得绝妙。

萝藦是萝藦科萝藦属植物，多年生草质藤本。花期6～9月，果期9～12月。李时珍曾详细记载过萝藦的特性："萝藦，三月生苗，蔓延篱垣，极易繁衍。其根白软，其叶长而后大前尖，根与茎叶，断之皆有白乳如构汁。六七月开小长花如铃状，紫白色。""其实嫩时有浆，裂时如瓢，故有雀瓢、羊婆奶之称。"

　　萝藦一朵花里既有雌蕊又有雄蕊，是两性花。萝藦花的结构很特殊，外层的花冠裂片 5 个，白底上有浅紫红色斑纹，花开之后看起来像个海星。花的中间部分是它的合蕊冠，是雄蕊的花丝互相连合、包于雌蕊上的冠状结构。萝藦是虫媒传粉植物，在合蕊冠深处，藏着香甜的花蜜。昆虫吸蜜时，将口器从合蕊冠上的缝隙处挤进去，吸完蜜再使劲拔出来，在拔出口器时就带走了雄蕊的花粉块。昆虫造访一朵又一朵花采蜜的同时，也将花粉块带到了雌蕊的柱头上，帮助萝藦传粉和受精。

萝藦的花

　　萝藦花边开花边结果，幼果颜色嫩绿，表皮的小疙瘩有点像黄瓜，可以食用，据说口感脆甜。萝藦的每粒种子上面都长着丝绢质地的长毛，种子在果实内部环绕一根中轴排列，当果实裂开时，就像放开了压缩的弹簧，展开的绢毛带着轻小的种子随风而去，落到远方的土地上生根发芽。

据《救荒本草》中记载："救饥，采嫩叶，煤熟，换水浸去苦味、邪气，淘净，油盐调食。"可见，在古代萝藦曾用于救荒。《本草拾遗》中说到萝藦的另一用途："汉高帝用子傅军士金疮，故名斫合子。""斫合子"的意思是"可以使刀箭伤复合的果实"，看来，萝藦还能当"金疮药"。

萝藦不仅全株可入药，同时也是矮墙、花廊、篱栅等处的良好垂直绿化材料。

一株芄兰，连起了《诗经》里的老故事和今天的野花野草。这植物不仅能入药，还能爬墙开花当风景。等来年花期到时，我得再去江边找找它，扒开叶子看看那藏着蜜的星星小花——能和几千年前的诗对上暗号的植物，想想都太酷了！

蓼花 | 山有乔松，隰有游龙

夏天的长沙就是一个大火炉，成天躲在空调房里的我，憋得有些透不过气来。那天在阳台晒衣服，远眺发现小区外有一片正在施工的小山坡，突然产生了出去拍草的冲动。我立马装了一壶水，提着相机便出了门。从小区东门绕到了工地上，草没拍多少，却邂逅了一些蓼花，这便有了之后一次又一次的寻蓼之旅。

蓼花属于蓼科。得益于儿时农村生活的经验，我知道有一种蓼叫辣蓼，具有较强的辛辣味，不能用来喂猪，但具体长啥样已经记忆模糊了。在工地上发现蓼后，我摘了一片嫩叶放到嘴里嚼了嚼，没有辣味，有些失望。想起辣蓼应该长在水边湿地处，便计划到湘江边去寻找辣蓼。

如果在七月的某天傍晚，你开车路过湘江北路月亮岛路段，发现在晒得有些干枯的草丛中，突然有位戴着防晒帽的大妈从中探出了头，你千万不要被吓到，那只是一位植物爱好者在寻花觅草。奇怪的是，江边蒿草很多，空心莲子菜也不少，就是鲜有蓼花。好不容易寻到几株，试了味，也不是辣蓼。后来，我又开车到望城三木村的荷塘边、稻田旁寻找水蓼，也是未果，倒是拍到了不少酸模叶蓼。

小时候常见的植物怎么就找不到了呢，是不是被那些除草剂给弄没了呀。实在是不甘心，于是一天下午我再次开车出发，想跑到更远的郊外去寻找。从普瑞大道一直往西走，走到此路不通的时候再往南边开，拐到了黄桥大道的辅道上，发现路边的杂草很多，便找个地方停了下来。

香蓼

这一停，才发现有个惊喜在等着我：这里居然有一种从来没有见到过的蓼！茎叶上都是毛茸茸的，识花软件说它是香蓼。我采了一片叶子闻了闻，真的很香。那香味似乎带点甜酒味，突然想起有的地方做酒曲时里面就加入了蓼花，是不是就是这种呢？虽然没有找到辣蓼，但这次外出倒是有意外收获，值。

就在我对找到辣蓼几乎绝望的时候，朋友几家相约到衡山小住几晚避暑。我们走的是小路，

辣蓼

几经周折，傍晚时分终于抵达我们入住的客栈。下车后我眼前一亮，这半山腰上居然璨璨地开着许多蓼花，而且，在客栈旁边的水沟旁，居然找到了辣蓼，我满怀期待地采了片叶子尝了尝，没错，

就是辣蓼！此后几天，每每路过那儿，我便要再看它们一眼，再采一小片叶子尝尝，那可爱的辣味似乎现在还保留在我的舌尖上。

衡山的蓼种类真多呀，除了辣蓼，还有愉悦蓼、绵毛酸模叶蓼、尼泊尔蓼，还有许多叫不出名字的蓼，拍得我欣喜若狂，查得我稀里糊涂。

当你眼中只有蓼的时候，蓼花便有意无意地总在你面前出现。

八月中旬，与家人一起在重庆武隆的天生三桥景区游玩时，别人去观赏拍摄那三桥，我却只对那片草丛感兴趣，因为我在那里发现了我眼中最美的蓼：蚕茧蓼。在仙女山草甸子里，我还拍到了许多其他的美美的蓼花。

蚕茧蓼花

在我眼里如此美丽的蓼花，在农田里却是与农作物竞争阳光雨露的杂草。

《诗经·周颂·良耜》中云"荼蓼朽止，黍稷茂止"，描述的是把蓼等杂草除去腐化后，农作物才长得茂盛。

而在《诗经·周颂·小毖》中，周成王则以蓼的苦涩比喻陷入困境："予其惩，而毖后患。莫予荓蜂，自求辛螫。肇允彼桃虫，拚飞维鸟。未堪家多难，予又集于蓼。""惩前毖后"这一成语便出于此。

《诗经·郑风·山有扶苏》中写道：

山有乔松，隰（xí）有游龙。不见子充，乃见狡童。

其中的"游龙"即为红蓼。

这个假期，不是拖着行李走在路上，便是端着相机蹲在路旁。收获最多的，当然是这些蓼了。

菟丝子 | 爰采唐矣？沫之乡矣

爰采唐矣？沫之乡矣。云谁之思？美孟姜矣。期我乎桑中，要我乎上宫，送我乎淇之上矣。

——《诗经·鄘风·桑中》

诗中描述的是一位男子甜蜜的回忆：到哪儿去采菟丝子？到那卫国的沫乡。在那里有着我日思夜想的漂亮女子，我们常常相约在桑中，相会在上宫，临别时美丽女孩还情意绵绵地送我远到淇水旁。

诗中的"唐"，即菟丝子，一种旋花科植物。

菟丝子

由于菟丝子看似柔弱细嫩，并和寄主植物相互交缠，因而在古

植物恋上诗

代诗词中有着女人与爱情缠绵的文学意象。有诗词为证：

君为女萝草，妾作菟丝花。

轻条不自引，为逐春风斜。

百丈托远松，缠绵成一家。

谁言会面易，各在青山崖。

女萝发馨香，菟丝断人肠。

枝枝相纠结，叶叶竞飘扬。

生子不知根，因谁共芬芳。

中巢双翡翠，上宿紫鸳鸯。

若识二草心，海潮亦可量。

——〔唐〕李白《古意》

冉冉孤生竹，结根泰山阿。

与君为新婚，菟丝附女萝。

菟丝生有时，夫妇会有宜。

千里远结婚，悠悠隔山陂。

思君令人老，轩车来何迟！

伤彼蕙兰花，含英扬光辉。

过时而不采，将随秋草萋。

君亮执高节，贱妾亦何为。

——〔两汉〕佚名

108

　　由于菟丝子的攀附特性，在中国传统文化中，有时也寓意仕遇明君，前程有望，尽心效力。如清代毛嘉模的《留别戴明府遂堂年伯》一诗写道：

> 君操如松柏，我情如菟丝。
>
> 此意良不朽，终当附高枝。
>
> 鸡鸣催晓梦，明发悲天涯。
>
> 感君缠绵意，报之以驱驰。

　　其实，菟丝子柔弱是种假象。宋代药学家苏颂在《本草图经》中记载，菟丝子"夏生苗，初如细丝，遍地不能自起。得他草梗则缠绕而生，其根渐绝于地而寄空中"。菟丝子没有正常叶，不能进行光合作用，它们利用纤细的茎缠绕在其他植物上，在接触处形成吸根，进入寄主组织后，部分细胞分化为导管和筛管，与寄主的导管和筛管相连，吸取寄主的养分。在园林中，菟丝子会对植物造成不可逆的影响，严重者会造成植株大面积死亡；在农业上，菟丝子对大豆的生长也会造成严重的影响，因而被国家林业和草原局列在林业有害植物的黑名单上。

　　小时候经常见到菟丝子，记得它似乎有个叫"冇耳藤"之类的土名，长在黄豆地，一旦扩散开，这片地的黄豆秧就会被它缠死。前些年，我曾经在学校镕园

菟丝子花

的绿化带看到过菟丝子，后来不见了，可能是被园丁除去了。今天在潇湘北路拍到的菟丝子，主要是缠绕在葎草和小飞蓬上，这倒让我想起，我们是不是可以用菟丝子来以草治草？因为葎草和小飞蓬也是绿化带中的常见恶草。

菟丝子真是一种令人又爱又恨的植物啊。如果你家的花园里出现了菟丝子，一定要记得及时清除它们哟，别看它根叶退化，但它照样可以利用种子繁衍后代、开花结果。被菟丝子侵害过的土地，一旦有种子留下，就有可能会再次爆发菟丝子。因为菟丝子的种子休眠多年也能够发芽。

野胡萝卜与姜荷花 | 野花白白红红

办公室搬到了顶楼的东边，40℃的室外高温，室内开了空调还有31℃，热得要爆了。下班后急急赶回家，看到桌面上这瓶自制插花的小清新模样，顿时感觉凉爽了不少。

这瓶插花的主材是姜荷花，配花是野胡萝卜和黄荆。花材都是免费的，哪来的？且看下文。

上周跟女儿约饭时到早了，店家还没有开始营业，母女俩就在旁

野胡萝卜配姜荷花

边的店里逛了逛，顺手买了一瓶香薰，店家小姐姐还送了两枝姜荷花。一个星期后，一枝姜荷花蔫了，另一枝还健在，显得十分孤单。前天到湘江边拍构树的果实，发现野胡萝卜还有少量存花，还有一株江边难得一见的黄荆也在花期中，便采了几枝回来，插在姜荷花的周边。几朵花混搭在一起还挺配的，尤其难得的是，野花的生命力很强，插了三天后，它们开得更旺了。

野胡萝卜是伞形科胡萝卜属草本植物，伞形科植物的花小，两性或杂性，许多小花聚集在一起组成复伞形花序或单伞形花序。

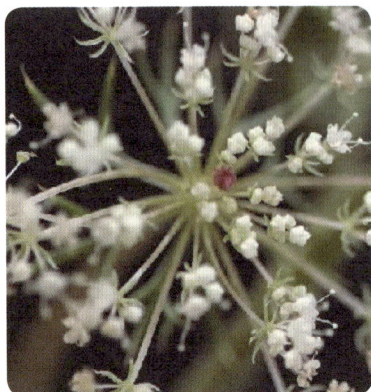
野胡萝卜的复伞形花序

在欣赏野胡萝卜的复伞形花序的时候，我发现一个现象：在白色花序的正中央，有一个小红点。我以为是金龟子一样的小甲虫呢，用放大镜仔细一看，原来是一朵小红花。

野胡萝卜的花为什么要聚集到一起？为什么白花丛中还要一点红？我量了一下，野胡萝卜的一朵小花直径约1毫米，十几朵小花组成单伞形花序后，直径变成1厘米左右，再由三十几个单伞形花序构成复伞形花序，直径达到5厘米以上，这样逐级放大还嫌不够，再在中央点缀一点红，使它的花更能招蜂引蝶，从而更好地传播花粉、繁衍后代。

如果说野胡萝卜的花序是一把撑开的小伞，那野胡萝卜的果序则是一把渐渐收拢的小伞，而且伞的颜色也富有变化，由白（花瓣颜色）到绿（苞片和幼果颜色）再到褐色（成熟的果实颜色）。

野胡萝卜的成熟果序上，有许许多多的小干果，上面有许多小小的刺毛，这样的果实比较容易粘在人的衣服或动物的皮毛上。野胡萝卜巧妙的果实结构便

野胡萝卜的果序

于种子的传播。

姜荷花为姜科姜黄属的多年生热带球根草本植物。

看姜荷花的第一眼，我被它们纯纯的白色或鲜艳的红色"花瓣"所吸引，其实这些并不是它们的花瓣，而是它们的不育苞片。姜荷花的苞片有两种，上半部的苞片色彩鲜艳、体积较大，是用来吸引昆虫的；下半部的苞片为绿色，呈蜂窝状排列，内含用以繁育的紫白色小花。

小花

苞片

姜荷花

"貌似清荷非水生，莲荷嫁与姜科茎"，有人用这样的诗句来形容姜荷花的习性和特点，真是再贴切不过了。

原产于泰国清迈的姜荷花，身披漂亮的霓裳，既招引了昆虫传了粉，也愉悦了人们扬了名。

野胡萝卜花与姜荷花，一个下里巴人，一个阳春白雪，你更爱哪一个呢？

桔梗｜闲看溪边桔梗花

> 细草危桥一径斜，
>
> 柴门高柳是谁家。
>
> 蕨薹麦饭无馀事，
>
> 闲看溪边桔梗花。
>
> ——〔清〕缪公恩《山村》

假期余额所剩无几，没有时间到山村去"闲看溪边桔梗花"了。不知道是因为天气热，还是看奥运会给激动的，抑或是工作前的焦虑，总感觉心跳有些加速，做啥事都不能专心。幸好网购的鲜花到货了，醒花、剪枝、插瓶、观察、拍照，忙碌起来的我反倒心情平静下来了，并有了写写它们的冲动。

今天要介绍的是桔梗科的几种花：风铃草、党参、桔梗。

首先要说的是风铃草。

风铃草的花朵宛如一串串悬挂的风铃，在微风中轻轻摇曳，花瓣的色彩有的是淡雅的蓝紫色，有的是纯洁的白色，清新脱俗，让人一见就爱。6月的一天，我路过花店时忍不住入手了几枝，插在办公室的花瓶里，跟植物同好者娟一起欣赏。我们发现它的雌蕊与寻常的花不太一样：雌蕊的花柱是黄色的，上面沾满了花粉。我们知道，一般植物都尽可能避免自花传粉，为什么风铃草却把花粉粘在自己的花柱上呢？

风铃草

　　这个发现引起了我俩的强烈好奇，上网一查才知道，这是"次级花粉展示"现象，最早由德国博物学家斯普伦格尔（Sprengel）于1793年在桔梗科风铃草属植物中发现，目前已经在十几个科的植物中发现类似的现象。植物在花粉囊裂开后，花粉通常在花药上展示，等待传粉者将它们带到另一朵花的柱头上，以实现种族繁衍。但有些植物开花之后还会将部分花粉甚至是全部花粉转移到花柱、花丝或苞片等其他器官上，这就是次级花粉展示。这种现象增加了花粉的展示面积，有助于提高传粉者的花粉移出率，使得更多的花粉能够被传粉者带到另一朵花的柱头上。原来风铃草展示花粉是为了实现更多的异花传粉。

　　仔细观察风铃草的花柱和柱头，会发现上面密生着许多白色

次级花粉展示

115

的毛，像个试管刷一样，估计这把刷子正是花粉能够比较容易落脚的原因。

风铃草的雄蕊先成熟，雌蕊柱头后开裂分叉，露出可以受粉的内侧面。这样的时间差，避免了植物自花传粉导致近亲繁殖。

再给大家看一种也像小铃铛一样的花，是之前到隆回小沙江避暑时拍到的。

从41℃高温的长沙逃离到22℃的隆回，住在农家小院里，吸着负氧离子丰富的空气，吹着清凉的山风，与三五好友一起优哉游哉地爬山、喝酒、谈天与打掼蛋，洗去了一身的暑气与疲劳，那感觉别提有多幸福了。更令我惊喜的是，在那里，我第一次见到了党参的

党参

花。它们像一个个小铃铛挂在农家菜园的枯枝上，风一吹，耳畔似乎传来悦耳的铃声。

党参也是桔梗科的一种。党参不仅花的颜值很高，而且它的根肥大呈纺锤状或纺锤状圆柱形，晒干后就是有名的药材。张仁安编著的《本草诗解药性注》中，用诗文说明了党参的功效：

> 党参甘平补中宫，
> 益气生津用不穷。
> 调和脾胃诸病愈，
> 兼除烦渴有奇功。

最后给大家介绍桔梗花。桔梗花是我找遍长沙的花店不遇之后，网购来的。很担心花在高温环境下运输会被晒蔫，收到货后发现还好，甚感欣慰。

桔梗花未开放之前像个紫色的小灯笼，之后花瓣慢慢从顶部中心裂开，露出其中的灯芯——花蕊。

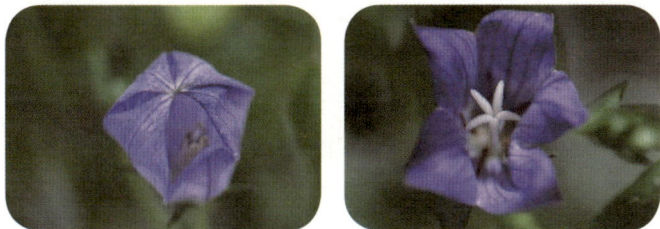

桔梗花

刚刚露出的花蕊是紧紧抱在一起的，而且雌蕊被包在内部。当雄蕊成熟枯萎后，雌蕊的花柱才会打开受粉，跟风铃草一样避免了自花传粉。

桔梗干燥的根也可入药，有止咳祛痰消炎等功效。《本草纲目》中对桔梗之名有解释，李时珍曰"此草之根结实而梗直，故名"。王安石晚年于生病时也常以桔梗为药。

病与衰期每强扶，鸡雍桔梗亦时须。

空花根蒂难寻摘，梦境烟尘费扫除。

耆域药囊真妄有，轩辕经匮或元无。

北窗枕上春风暖，漫读毗耶数卷书。

——〔宋〕王安石《北窗》

桔梗不仅干根可以药用，新鲜的根和嫩叶也可以食用。在我国的延边地区和朝鲜半岛等地方，桔梗是常见的泡菜原料。

当你身心疲了，不妨到野外走一走，去看一看、闻一闻这些野花。它们不仅会带给你视觉的美感，更会给予你心灵的慰藉。在繁忙与喧嚣之外，野花以其独有的方式静静绽放，不张扬，不造作，却以最真挚的姿态诉说着生命的故事。

狗尾草 | 维莠骄骄

今日得闲，整理了一下相机的存储卡，发现里面除了荷外，拍得最多的便是这狗尾草了。

也是真爱，无论走到哪儿，逢狗尾草必拍，这可能与儿时的记忆有关。

小时候没有什么玩具，小石头、狗尾草等便被我们充当游戏的好材料。曾经用狗尾草编过小动物，现在不记得咋弄了。有一个玩法还记得，那就是用狗尾草自制玩具琴，扯着两边的杆子装模作样地拉呀拉的，把自己弄得像个音乐家。

狗尾草

草编玩具

读了书才知道，良莠不齐的莠，居然就是我们的"玩具"狗尾草。再后来发现，早在《诗经》中就有人写它："无田甫田，维莠骄骄。无思远人，劳心忉忉。无田甫田，维莠桀桀。无思远人，劳心怛（dá）怛。婉兮娈兮，总角丱（guàn）兮。未几见兮，突而弁（biàn）兮！"

这首诗出自《诗经·齐风·甫田》，诗的大意是：不要耕作大田啊，杂草丛生很难打理；更不要苦苦思念那远行的人，劳心又费神。眉清目秀、年少、俊美的孩子，羊角小辫直冲天，转眼长大戴上了成人冠。

《诗经·小雅·大田》中也提到了莠：

> 大田多稼，既种既戒，既备乃事。以我覃耜，俶载南亩。播厥百谷，既庭且硕，曾孙是若。既方既皁，既坚既好，不稂不莠。

诗中描述的是爷爷带着曾孙进行选种、耕田、播种、除草、防虫、收获、祭祀等农事活动。其中的"不稂不莠"，也是大家熟知的词语了。据《诗经名物新证》（扬之水著）解释：稂与莠，乃黍和稷的伴生杂草，即栽培种与野生祖先种"渐渗杂交"的产物。黍的伴生杂草称稂，又称䅌。稷的伴生杂草为莠，即它的野生祖先狗尾草。"既方既皁，既坚既好，不稂不莠"的意思是：谷粒长了壳，坚实又完好，田里没有稂草和莠草。庄稼地里的庄稼长得好，没杂草滋生。

狗尾草多生于旷野、路边草地，是旱地作物主要的田间杂草。尽管是杂草，但我对它的爱丝毫不减，真的是良莠不分呢。

在夕阳映照下，狗尾草花序发出金色的光晕。我常常看得流连忘返，拍得如痴如醉。这不，今天为了拍路边的狗尾草，泊车时没有注意，车轮胎被路边的水泥路基刮破了。我索性一边等维修师傅，一边拍起了狗尾草。

在大多数人的认知里，只要是长着毛茸茸尾巴的草都可以叫作狗尾草，其实狗尾草属下有多种。据我观察，我拍到的狗尾草有三种不同的类型，有的花序和茎基部都显紫色，是不是该叫紫色狗尾草呢？识花软件说它叫金色狗尾草，不知道对不对。有的狗尾草的花序较大，可能是大狗尾草吧。有的尾巴较短，应该就是普通的狗尾草了。

狗尾草跟水稻、小麦一样，同属于禾本科植物。最吸引人眼球的，便是它的圆锥状花序了。微风吹过，它的花序像狗尾一样摇来晃去，甚是可爱，因此而得名。

现代的狗尾草被普通人视为田间杂草，但在科学家的眼中，它们却是宝。狗尾草是一种 C_4 植物，具有更高的对炎热干旱环境的适应性，并保持着较高的光合作用效率，加上它们具有植株小、易种植、后代多、基因组小、生长周期短、易诱变等特点，在研究 C_4 植物的光合作用机理方面，狗尾草具有得天独厚的优势，因而有些科学家将它作为研究 C_4 植物的新模式种。

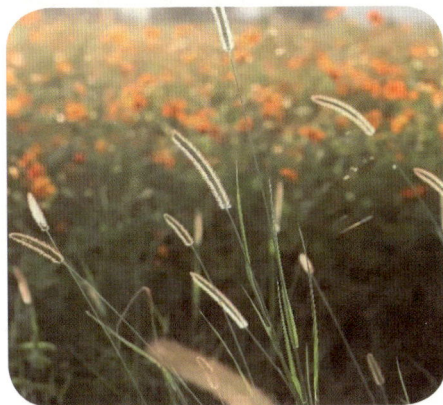

自带光环的狗尾草

最不起眼的生命，也有其独特之处。下次遇到狗尾草，你是不是该多看它一眼呢？

紫花前胡与五味子 | 风月前湖近，轩窗半夏凉

上周，一年一度的湖南师大附中生物野外考察活动在平江幕阜山进行，借着送植物分类专家丛博士上山的由头，我与红、娟到平江幕阜山国家森林公园蹭学了两天，收获满满。今天给大家介绍一下收获的两种药材：紫花前胡与五味子。

那天上山时，孩子们从公路边抄近路爬土坡上山，我们几位老师殿后。就在公路边的杂草丛中，一株不曾见过的紫色植株映入我眼帘，当时丛博士被学生甩在了后面，我便趁机向丛博士请教。原来它是中药里面有名的前胡之一——紫花前胡。

紫花前胡是伞形科当归属植物，生长于山坡林缘、溪沟边或杂木林灌丛中。

公路旁的紫花前胡花序没有完全打开，最先吸引我们眼球的是它的叶。紫花前胡又名鸭脚前胡、鸭脚当归、老虎爪等，可能就是源于它的叶形。

叶似鸭脚

紫花前胡的花在没有开放之前是被一个"襁褓"包裹着的，这个"襁褓"其实是一种变态叶，是紫花前胡的总苞片，通常能够起到保护花芽或果实的作用。

幸运的是，在上山的路上，我们还发现了一株已经开花的紫花前胡。

苞片如襁褓

紫花前胡是典型的复伞形花序，每一个分支是一把小伞，在整体上又呈一把大伞的形状。

中药前胡一般是指白花前胡或紫花前胡的根。《本草纲目》草部关于前胡有如下记载：

紫花前胡的复伞形花序

"（时珍曰）前胡味甘、辛，气微平，阳中之阴，降也。乃手足太阴阳明之药，与柴胡纯阳上升入少阳阴者不同也。其功长于下气，故能治痰热、喘嗽、痞膈、呕逆诸疾。气下则火降，痰亦降矣。所以有推陈致新之绩，为痰气要药。"

白花前胡与紫花前胡都是伞形科植物，虽然同是复伞形花序，但差别还是蛮大的，一个是当归属，一个是前胡属。

北宋诗人陈亚喜欢以药名为题作诗，有药名诗百首，挑一首与大家分享一下。

123

> 重楼肆登赏，岂羡石为廊。
>
> 风月前湖近，轩窗半夏凉。
>
> 曾青识渔浦，芝紫认仙乡。
>
> 却恐当归阙，灵台为别伤。
>
> ——〔宋〕陈亚《登湖州销暑楼》

在这首药名诗里，陈亚巧妙嵌入了重楼、石韦、前胡、半夏、曾青、栀子、当归等七味中药。

清代黎庶蕃曾写过一首《春菜诗》，其中有一句"前胡落釜甘胜肉，野蒚登盘贱于薪"，看来前胡不仅可以入药，也可以作为食材。

在幕阜山，我们还见到了五味子。

《本草纲目》上有它名称由来的记载："（恭曰）五味，皮肉甘、酸，核中辛、苦，都有咸味，此则五味也。"

老师摘了一串五味子让同学们尝尝味道，我只听到有的同学说"好酸"。我没有敢试味，不是怕酸，而是因为我拍照时发现它的叶子上长了许多毛毛虫。现在想来，真为自己的胆小而有些后悔。

五味子是木兰纲五味子科五味子属落叶木质藤本植物，在《国家珍稀濒危药用动植物物种名录》中被认定为三级保护植物。

我在中国诗歌网上觅到一首以五味子为题的诗，笔名为山居

五味子

诗词者的作者，不仅写出了五味子的生活习性与形态特点，而且像宋代陈亚一样，在诗中嵌入了多种中药名。

> 独活山地伴清泉，
>
> 翘首钩藤望野烟。
>
> 百草忘忧存远志，
>
> 秋风繁露坠红川。
>
> ——盖州张德松《七绝·五味子》

在这首诗里，你读到了多少种中药名呢？

幕阜山之行，收获的不仅仅是紫花前胡的小伞和五味子的酸，更有那"风月前湖近，轩窗半夏凉""独活山地伴清泉，翘首钩藤望野烟"的奇妙诗句，让我再次感受到了中华优秀传统文化的博大精深。

荷花与香蒲｜彼泽之陂，有蒲于荷

摄影班的老师和同学们最近为荷痴狂，拍荷、品荷、评片活动不断，摄影菜鸟的我，也跟着有些痴，两次清晨 4 点多起床到望城郊外拍荷。

小时候爱荷，不为别的，因为新生的莲子清甜清甜的，因为莲藕汤的味道喷香喷香的，还因为下雨天时一支荷叶便是一把可以遮风挡雨的伞。

读中学时才知道荷"出淤泥而不染，濯清涟而不妖"的高贵品质，也曾惊喜获知婉约词人李清照也有"沉醉不知归路，误入藕花深处"的顽皮时候。

大学时最喜席慕蓉和她的《莲的心事》：

我 是一朵盛开的夏荷
多希望
你能看见现在的我

风霜还不曾来侵蚀
秋雨也未滴落
青涩的季节又已离我远去
我已亭亭 不忧 也不惧

莲花

现在 正是

我最美丽的时刻

重门却已深锁

在芬芳的笑靥之后

谁人知我莲的心事

无缘的你啊

不是来得太早 就是

太迟

　　现在读书，发现早在《诗经·郑风·山有扶苏》中就有对荷的记载。

山有扶苏，隰有荷华。

不见子都，乃见狂且。

山有乔松，隰有游龙。

不见子充，乃见狡童。

　　可以想象这样的场景：一对恋人相约在一个山清水秀的荷塘边，姑娘早早地来了，尽管山上有茂盛的扶苏和松树，洼地有美丽的荷花和红蓼，姑娘没有心思来欣赏。左等右等盼来了姗姗来迟的爱人，心里高兴嘴里却俏骂道：我等的人是子都那样的美男子，可不是你这样的狂妄之徒啊！我等的人是子充那样的君子，可不是你这样的狡狯少年啊！

荷与蒲似乎常常相伴而生，《诗经·陈风·泽陂》就有记载。

蒲

蒲与荷相伴而生

彼泽之陂，有蒲与荷。有美一人，伤如之何？寤寐无为，涕泗滂沱。

彼泽之陂，有蒲与蕑。有美一人，硕大且卷。寤寐无为，中心悁悁。

彼泽之陂，有蒲菡萏。有美一人，硕大且俨。寤寐无为，辗转伏枕。

这是一位女子思念心仪男子的情歌。

诗中描写的蒲，即香蒲，香蒲科香蒲属的一种，多年生挺水植物，图中像蜡烛一样的蒲棒是它的花序。中药蒲黄实际上就是香蒲的花粉，具有止血、化瘀、通淋的功效。香蒲的叶片直立挺拔，花序颇有特色，有一定观赏价值，现常作园林植物栽培。

在《孔雀东南飞》里，刘兰芝对焦仲卿说："君当作磐石，妾当作蒲苇。蒲苇韧如丝，磐石无转移。"蒲苇便成了坚贞不渝爱情的象征。这里的蒲苇包括蒲和苇，它们的叶韧如丝，纤维较长，是较好的编织、造纸原料。

诗中的"荷""菡""菡萏"，指的是同一种植物——莲。莲又称荷，莲科莲属多年生水生宿根草本植物。古人把未开的花蕾称菡萏，已开的花朵称鞭蕖，其地下茎称莲藕。

有一首歌名叫《莲的心事》，我特别喜欢这几句："我是你五百年前失落的莲子，每一年为你心碎一次。多少人猜测过莲的心事，慢慢风干变成唐诗宋词。"

荷花以其"出淤泥而不染"的品质，被诗人赞美为高洁和脱俗的象征；蒲草虽然生长在泥泞的环境中，却也能保持自己的本色。蒲与荷，作为自然界中两种独特的植物，不仅在生态环境中各自扮演着重要的角色，而且在文学、艺术乃至文化象征上，也都有着丰富的内涵和深远的意义。叫我如何不爱它们呢？

乌蔹莓 | 葛生蒙楚，蔹蔓于野

下楼拿快递，回来时看到小区的湖边有一藤本植物挂在树上随风摇摆着，走近一看，发现是乌蔹莓。

急急忙忙上楼取相机，准备去拍乌蔹莓，出门时女儿叮嘱我："你要千万小心啊，别看到花就激动，别掉水里了哦。"谨遵女儿的嘱咐，我小心翼翼地穿过小树林来到湖边，绕到了乌蔹莓的北面。

踏在湖边的圆石头上，我举起相机准备拍摄，没想到突然飞过来一只采蜜的蜜蜂。小时候被蜜蜂蛰过，心里怕得很。我只好火速撤退，草草收工。

池塘边的乌蔹莓

放弃湖边退回到路上，发现楼旁的绿植上也缠绕着几根乌蔹莓的藤。正准备给它的叶卷须拍个特写，镜头里伸进来一只大手。原来是来了一位园林工人，他三下五除二就把它们给扯掉了。大哥扯完乌蔹莓的藤后见我在拍照，好奇地问我："你在拍它吗？"然后他很配合地让我拍了他扯下的藤。

是啊，在园林工人的眼中，乌蔹莓只是一种园林有害攀缘植物，所以他看见乌蔹莓就毫不犹豫地扯掉。在我的眼中，乌蔹莓就是地球上几十万种植物中的普通一员。我一直相信，存在即合理，只要它没有太过强势而喧宾夺主，任它长着也能吸收点废气、制造点氧气呢。

在先秦时代，乌蔹莓是某位痴情人的哀思草。

> 葛生蒙楚，蔹蔓于野。予美亡此，谁与？独处。
>
> 葛生蒙棘，蔹蔓于域。予美亡此，谁与？独息。
>
> 角枕粲兮，锦衾烂兮。予美亡此，谁与？独旦。
>
> 夏之日，冬之夜。百岁之后，归于其居。
>
> 冬之夜，夏之日。百岁之后，归于其室。
>
> ——《诗经·唐风·葛生》

诗的大意是：墙外的葛藤长得十分茂盛，缠着周边的灌木不放手；野外的乌蔹莓更是恣意地疯长着，蔓延到整个山坡。我的心上人就这样走了，你的身旁有没有人陪伴？你会不会感到孤独啊？

坟墓周围长了不少野枣树，上面爬满了密密麻麻的葛藤，坟墓周边长满了乌蔹莓。我的心上人就这么撒手人寰，有没有人陪你？你在那里是不是很孤单？

角枕光滑鲜亮，不知道你枕着合不合适？为你做的锦被也不知道你盖着舒服不舒服？我的心上人啊，你在那边有人陪你吗？你是不是很寂寞？

没有你的日子夏日绵绵，没有你的日子冬夜漫漫。你不要着急，百年之后，我定与你来相会。

失去你的日子冬夜漫漫，没有你的日子夏日绵绵。你不要心焦，百年之后，我定与你来相伴。

读罢此诗，我不禁为诗中的深情而动容，也对乌蔹莓平添了几分好感。

乌蔹莓是葡萄科乌蔹莓属植物，草质藤本。乌蔹莓的叶子很奇特，为鸟足状 5 小叶，正因为如此，乌蔹莓有五叶藤、五爪龙、五叶梅等别称。

乌蔹莓的卷须

乌蔹莓之所以能够攀缘在其他植物上，其法宝是卷须。它的卷须与叶对生，尖端还有分叉。

乌蔹莓的单朵花很小，黄绿色，似乎并不引人注意。但仔细观察每一朵小花，会发现它的中央有一个橘红色扁圆形的结构，叫作花盘，花瓣、雄蕊、雌蕊都长在花盘上。橘红色的花盘除了可以色诱昆虫外，还可以分泌蜜汁犒劳传粉昆虫，且为辛勤传粉的昆虫提供较宽阔的落脚平台。乌蔹莓的果实又黑又亮，看起来很诱人，真想尝尝它的味道。不过乌蔹莓有一定的毒性，做药可以，还是不要当果子吃为好。一些果实通过产生有毒物质来抵御潜在的捕食者，阻止昆虫和动物食用果实，从而保护种子不被消化，确保能通过种子繁衍后代。

乌蔹莓的复二歧聚伞花序

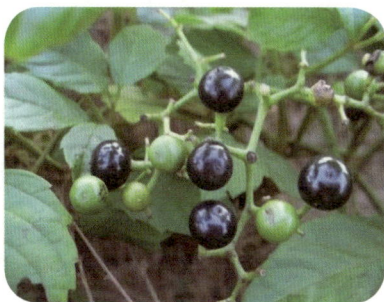

乌蔹莓的球形果实

　　植物的生命力是非常顽强的，似乎没有什么困难能阻止它们蓬勃生长。你看，乌蔹莓看似娇弱，却想尽一切办法拼命求生，它努力"生活"的样子实在令人肃然起敬。想到这里，我更喜欢乌蔹莓了。

萱草 | 焉得谖草？言树之背

住在郊区的好处之一就是，如果在空调房里待腻了，想到田野里去走走，十来分钟的车程就到了。

三木村的黄花菜

这不，周一，家人都上班去了，还在休暑假的我一个人又到三木村去转了一圈，意外收获了谖（xuān）草。

谖草是什么草？我们先来欣赏一首凄美的爱情诗。

伯兮朅兮，邦之桀兮。

伯也执殳，为王前驱。

自伯之东，首如飞蓬。

岂无膏沐？谁适为容！

其雨其雨，杲杲出日。

愿言思伯，甘心首疾。

焉得谖草？言树之背。

愿言思伯，使我心痗。

——《诗经·卫风·伯兮》

诗的意思是：

哥哥啊哥哥，你真是威武勇猛，是我们国家真正的英雄豪杰啊。你手执兵器统领军队，在战场上冲锋陷阵、英勇杀敌、所向披靡、气吞山河。

自从哥哥你东征，我的心也随你而去，没有心情梳妆打扮，头发乱如飞蓬，更不用说涂脂抹粉了。不是因为我懒惰，也不是因为没有润发的膏脂，你不在家，我打扮给谁看呢？

祈祷天公下点雨，可太阳却偏偏明晃晃的。就像我天天想你盼你回来一样，却总是事与愿违，我一心想着你啊，我的哥哥！

到哪里去找忘忧草？栽种到北堂。我还是无法停止对你的思念，病到心头化不开。

诗中的谖草即萱草。

萱草又是什么草？

> 萱，宜下湿地，冬月丛生，叶如蒲、蒜辈而柔弱，新旧相代，四时青翠，五月抽茎开花，六出四垂，朝开暮蔫，至秋深乃尽……今东人采其花跗干而货之，名为黄花菜。
>
> ——李时珍《本草纲目》

李时珍在《本草纲目》中所述的萱草是可食用的黄花菜。而在植物分类学上，黄花菜属于阿福花科萱草属植物。除了黄花菜外，萱草属植物全世界约有 16 个种，我国是世界上萱草属植物种类最多、分布最广的国家。

记得小时候生产队里有一块黄花菜地，一到收获季节，大人们便要从早忙到晚。尤其是早晨，要在黄花菜花苞还未打开时将花苞采摘回来，然后用开水焯一焯，再晒干、包装，等候供销社的人来收购。大人说新鲜黄花菜不能吃，吃了会中毒。读大学后我才知道其中的缘由，萱草属植物含有秋水仙碱，鲜食时容易中毒，甚至危害生命。不过，食用黄花菜里的秋水仙碱含量很低，经加热处理后，秋水仙碱就会消失。父亲曾经给我讲过一个关于黄花菜的小故事，说是有外国友人到中国来，我们用黄花菜招待他们，外国人感到很惊讶：你们怎么用草来招待我们？我们解释说，黄花菜是中国人招待珍贵客人才用的菜肴，有丰富的营养和一定的药用价值，客人们这才开心享用。

像草一样的黄花菜

我在三木村拍到的萱草，当地人说是他们种的食用黄花菜。之后，我特地跑到湖南省植物园拍了园里挂了牌的萱草花。我发现两者长得真像，非专业人员很难将两者区分开来。

植物园的萱草花

三木村的黄花菜

植物园的萱草叶

三木村的黄花菜叶

　　特别提醒一下：我们日常在花坛中见到的萱草往往是大苞萱草或者金娃娃萱草等，它们含有的秋水仙碱比较多，即便是经过烹饪加工也很难去除，所以千万不要摘回来吃，以免食物中毒。

　　萱草不仅具有食用价值和药用价值，在中国传统文化中，萱草还是"忘忧"的主要象征和精神寄托。在古人的想象中，萱草具有神奇的魔力，能够让人忘却烦恼，重拾快乐。"焉得谖草"不仅表达了诗人对萱草的渴望，更隐含了对忘却忧愁、摆脱思念之苦的深切期盼。历代文人常以萱草为题，表达忘却尘世烦恼、追求心灵宁静的情怀。如唐代白居易有"杜康能散闷，萱草解忘忧"的佳句，便是对萱草忘忧意象的生动诠释。

　　萱草还象征着母亲与孝亲之情。这一意象的形成与《诗经》中的"北堂幽暗，可以种萱"密切相关。北堂在古代象征着母亲居住的地方，游子远行前会在北堂种萱草，希望母亲忘却烦忧。因此，母亲居住的屋子也称萱堂。唐朝孟郊的《游子诗》写道："萱草生堂阶，游子行天涯；慈母倚堂门，不见萱草花。"更是将萱草与母亲、孝道之间的深厚联系表达得淋漓尽致。渐渐地，萱草便成为中国人的母亲花，象征着母爱的伟大与无私。

有人说萱草或可忘忧，但本质上来说，萱草表达的是情意绵绵。唐代词人温庭筠有词曰：

> 雨晴夜合玲珑日，万枝香袅红丝拂。闲梦忆金堂，满庭萱草长。
>
> 绣帘垂簏簌，眉黛远山绿。春水渡溪桥，凭栏魂欲销。
>
> ——温庭筠《菩萨蛮·雨晴夜合玲珑日》

词里的女主人公梦到（曾经与爱人相识相知的）庭院里开满了艳丽的萱草花，醒来后凭栏眺望，一江春水从溪桥下缓缓流过，不禁情思茫然。

萱草在文学中的意象是丰富而多元的，既是忘忧的象征，又是母亲与孝亲的代表，还承载着宜男的寓意以及其他多种情感与寄托。这些意象共同构成了萱草在古典文学中的独特魅力，使其成为文人墨客笔下不可或缺的创作元素。

一株萱草，半卷诗情。爱了，爱了。

菜花 | 山芋山薯，山葱山韭

> 草团标正对山凹，山竹炊粳，山水煎茶。山芋山薯，山葱山韭，山果山花。
>
> 山溜响冰敲月牙，扫山云惊散林鸦。山色元佳，山景堪夸。山外晴霞，山下人家。
>
> ——〔元〕孙周卿《双调·蟾宫曲·自乐》

很是向往孙周卿笔下自给自足、宁静祥和的山居生活，我家没有山，小区北面有一大块居民自己开荒的菜园。有空的时候便到园子里走一走，把它当作自家的后菜园来享受，倒也乐在其中。昨天在菜园子里闲逛时，邂逅了几种美丽的菜花菜果，给大家分享一下。

先说说紫苏。

紫苏大家都熟悉，做鱼时去除腥味，常常少不得它，用紫苏煎黄瓜味道也特别香。因为紫苏含有紫苏醛、紫苏醇、薄荷酮、丁香油酚等挥发油，不仅香气浓郁，而且具有开胃解腻、去腥提

紫苏

139

鲜的功效。

紫苏是唇形科紫苏属的一年生直立草本植物，有一定的药用价值，被日本人称为延命草。宋代诗人章甫曾经在诗里较为详细地描述了它的使用方法及药用价值。

> 吾家大江南，生长惯卑湿。早衰坐辛勤，寒气得相袭。
> 每愁春夏交，两脚难行立。贫穷医药少，未易办芝术。
> 人言常食饮，蔬茹不可忽。紫苏品之中，功具神农述。
> 为汤益广庭，调度宜同橘。结子最甘香，要待秋霜实。
> 作腐罂粟然，加点须姜蜜。由兹颇知殊，每就畦丁乞。
> 飘流无定居，借屋少容膝。何当广种艺，岁晚愈吾疾。
>
> ——〔宋〕章甫《紫苏》

章甫说紫苏在蔬菜中堪称佳品，用它来煮汤，香气四溢，与橘子的香气相得益彰。紫苏结出的果实最为甘美，但要等到秋霜后才成熟。诗人说自己漂泊不定，没有固定的居所，借住的地方也十分狭小。何时能广泛种植紫苏，让自己在晚年时能够治愈疾病。

再说说韭菜。

韭菜是百合科葱属多年生草本植物。韭菜的营养价值较高，含有丰富的纤维素，可以促进肠道蠕动，有"洗肠草"之称。我就特别喜欢用韭菜包饺子、炒鸡蛋等。

古诗词中有许多描写韭菜的诗句，如杜甫在《赠卫八处士》中就有："夜雨剪春韭，新炊间黄粱。主称会面难，一举累十觞。"曹雪芹有"一畦春韭绿，十里稻花香"。

梁启超先生曾以韭菜花为象征，赋诗一首：

> 韭菜花开心一枝，花正黄时叶正肥。
>
> 愿郎摘花连叶摘，到死心头不肯离。
>
> ——〔晚清〕梁启超《台湾竹枝词》

诗中的"韭菜花"象征着纯洁的爱情，少女希望心爱的人能够像采摘韭菜花一样，连叶一起采摘，直到生命的尽头都不离不弃。

韭菜花

记得上半年为了拍韭菜花，在菜地里找了好久没有找到，后来才知道它在秋天才开花。苦苦等到秋天再来菜园，果然见到韭菜花。韭菜花真是又好看又花香扑鼻，如果能把韭菜花摘回去当插花，岂不是美事一桩，只可惜这是别人的菜园，只好远观了。

接下来，再讲讲秋葵。如果你见过秋葵的花与果，可能也会与我产生同感：把它当作普通的蔬菜，真的是太屈才了啊！这么美丽的花，这么帅气的果，当盆

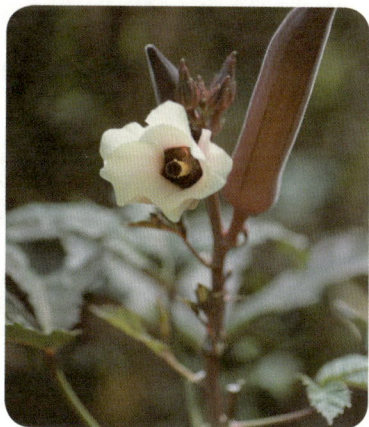

秋葵的花与果

141

景养再好不过了。

秋葵是一种口感爽滑、营养丰富的食物，深受大家的喜爱。每100 克秋葵的膳食纤维含量为 1.8 克，是大白菜的 2 倍，充足的膳食纤维不仅能增强饱腹感，还能促进胃肠蠕动，预防便秘。

秋葵又名黄秋葵、咖啡黄葵、羊角豆、毛茄等，是锦葵科秋葵属一年生草本植物，同属的还有一种叫黄蜀葵的植物，两者长得很像，容易混淆。

《本草纲目》有黄蜀葵的记载："黄葵二月下种，宿子在土自生，至夏始长，叶大如蓖麻叶，深绿色，叶有五尖如人爪形，旁有小尖，六月开花，大如碗，鹅黄色，紫心六瓣而侧，午开暮落，随后结角，大如拇指，长二寸许，本大末尖，六棱有毛，老则黑，内有六房，其子累累在房内，色黑，其茎长者六七尺。"

再来猜一猜，这是什么花？答案是红薯花。

你见过红薯开花吗？这是我人生中第二次见到。

红薯花

为什么红薯花难见？原来红薯是短日照作物，在日照时间长的地方，很少能看到红薯开花。种红薯常常以得其地下变态根（红薯块）为目的，如果红薯开花则生殖生长较旺，会与根争夺植株养分。所以种红薯要选择不容易开花的品种，或者在长日照环境条件下种植，这样有利于红薯的生长，增加薯块产量。

找了菜园里的许多红薯地，唯有这株红薯在开花。在秋天的阳光下，两朵紫色的红薯花开得格外耀眼，让我惊喜不已。

而冒着 34℃ 高温在菜园子里劳作的一位大姐，则令我肃然起敬。见我在园子里拍照，大姐主动与我交流，说她今年有 72 岁了。大姐种的菜比其他园子里的菜显然要水嫩得多，红薯藤也长得更加繁茂。我说今年高温天旱种菜很难，大姐说她每天都要挑水来浇菜。大姐说她老了，不好意思让我拍她，我还是忍不住偷拍了侧面，劳动者的身影太美丽。看到她的红薯地有翻土，我问有没有挖到红薯，大姐打开一个篮子给我看，里面装满了红薯。

一分耕耘，一分收获。几许汗水，几许成果。

大姐要我拿些红薯回家吃，我只拿了两个，因是不劳而获，故不好意思多拿。刚刚用空气炸锅把红薯烤熟了，迫不及待地尝了一口，好烫哦。味道嘛，软软的、粉粉的、香香的、甜甜的，超级棒！

一株株菜花，一串串果实，不仅是大自然的馈赠，更是人间烟火的写照。感谢种菜的大哥大姐们，让我在这片菜园里，找到了向往的生活。

檀与榖 | 爰有树檀，其下维榖

> 鹤鸣于九皋，声闻于野。鱼潜在渊，或在于渚。乐彼之园，爰有树檀，其下维萚（tuò）。它山之石，可以为错。
>
> 鹤鸣于九皋，声闻于天。鱼在于渚，或潜在渊。乐彼之园，爰有树檀，其下维榖（gǔ）。它山之石，可以攻玉。
>
> ——《诗经·小雅·鹤鸣》

欣赏这首诗的时候才发现，原来"它山之石，可以攻玉"出自《诗经》。

同时，脑子里出现这样的画面：仙鹤在天边翱翔，鱼儿在水中嬉戏。在身边的园子里，高大的檀树下面，或有枯枝落叶，脚踩在上面沙沙作响；或有榖树挂了红红的果实，让人情不自禁想去采摘。附近还有奇峰怪石，闪闪发亮，它们是不是可以用来打磨玉器呢？

不知是我曲解了"它山之石，可以攻玉"的本意，还是后人过度揣测了作者写诗的意图呢？不管了，我还是专心来写"檀"与"榖"吧。

檀，在《诗经》中多处有见。如《魏风·伐檀》中的"坎坎伐檀兮，置之河之干兮，河水清且涟猗"。《大雅·大明》中的"牧野

144

洋洋，檀车煌煌"。《郑风·将仲子》中的"将仲子兮，无逾我园，无折我树檀"，等等。

市场上称为檀木的种类很多，如紫檀、红檀等，它们都原产于印度、马达加斯加、刚果等地，而只有青檀是中国特有的。那先秦朝代即被古代劳动人民歌颂或采伐的檀，应该是青檀。

记得去年在武隆游玩时拍过一棵青檀，大概是因为它从石头缝里顽强地长出细细的枝干，所以挂牌上备注为"树坚强"。

"青檀为榆科青檀属植物，又名翼朴，为中国特有的单种属，也是稀有种。"在百科上看到这个介绍时，我觉得有些幸运，这么珍稀的物种被我看到并拍到了。

榖是什么植物？

先说说"榖"这个字吧。榖，音 gǔ。这是不是"谷"的繁体字呢？容我先查查看。可怜我的老花眼，将两个字看了半天也没有看出什么名堂，只好使出了一个笨办法：在 word 文档里把它俩放大到 72 号字体一比，这才看清楚了。

重庆武隆挂牌青檀（树坚强）

"谷"的繁体字"穀"比诗中的"榖"多了一画。

榖　穀

真是有趣。两个字读音相同，只不过前者少一撇，是一种树；后者多一撇，便成了谷。会不会是某个古代文人写错了一个字，后来便以讹传讹了？话说回来，这个穀到底是一种什么植物呢？穀，也叫楮（chǔ），就是构树，路边、池塘边、山坡上随处可见。

构树叶　　　　　　　　　　　　　　　构树果

　　构树最奇特的是叶子，同一构树植株上有两种叶形：一种是3～5深裂，一种是全缘不分裂。一般构树小苗或是大树基部萌蘖枝的叶片会有分裂，大树的叶片常常不裂或是浅裂。

　　构树雌雄异株，雄花序为柔荑花序，雌花序球形头状。看那花序是不是觉得有点像桑葚？没错，因为它们都是桑科植物。构树成熟时橙红色的聚花果是不是有些像杨梅？构树还有一个名字叫假杨梅。

构树雄花　　　　　　　　　　　　　　　构树雌花

在先秦时代，"爰有树檀，其下维穀"，说明青檀与构树都是常见的树种。为什么现在青檀成了珍稀物种，而构树却随处可见呢？檀与穀的命运为什么不同？

青檀的树茎纤维是制造驰名国内外的书画宣纸的优质原料，木材坚实致密，韧性强，耐磨损，供家具、农具、绘图板及细木工用材。由于自然植被的破坏，青檀又常被大量砍伐，致使其分布区逐渐缩小，有些地区残留极少，已不易找到。

而构树，一方面自身具有速生、适应性强、分布广、易繁殖的特点，另一方面，名声和使用价值似乎不如青檀大，因而得以保留和大量繁衍。

直木先伐，一点也不假。

浒苔 | 绿藻潭中系钓舟

> 青莎台上起书楼，绿藻潭中系钓舟。
>
> 日晚爱行深竹里，月明多上小桥头。
>
> 暂尝新酒还成醉，亦出中门便当游。
>
> 一部清商聊送老，白须萧飒管弦秋。
>
> ——〔唐〕白居易《池上闲咏》

白居易的《池上闲咏》描绘了一幅宁静而闲适的田园生活画卷，在绿色藻类等植物的映衬下，水潭更显得清澈。"绿藻潭中系钓舟"的画面在过去是很令人向往的，可现在的我们似乎有些谈绿色变。为啥呢？因为绿潮与水华。绿潮与水华是怎么回事？请看看我今年夏天的所见吧。

暑假伊始，闺蜜到青岛探亲。她在群里说：我在青岛很想你们。于是，7月底，七八个人陆续抵达青岛。我们特地背着泳衣，准备到海里玩，结果一次也没有用上。为啥呢？因为海水太绿了，没人敢下水。海水太绿的原因是大量的浒苔漂到了青岛。

浒苔是绿藻门的一种大型海藻，属于石莼属藻类，呈鲜绿色或淡绿色。它们是由单层细胞组成的管状分枝体，丛生，易于漂浮生长。浒苔中含有丰富的蛋白质、种类多样的生物活性多糖、较多的膳食纤维、不饱和脂肪酸、维生素以及碘、钙、磷、钠、铁、钾等营养成分，营养价值还蛮高的。新鲜的浒苔可以直接食用，也可以晒干研磨成粉，作为食品添加剂。在正常情况下，海水中是存在一定量的浒苔等绿藻的，它们在吸收二氧化碳、制造氧气、净化海水、维持海洋生态系统稳定等方面，发挥着重要的作用。

浒苔

可是，自 2007 年以来，浒苔连续十几年成群结队造访山东半岛，在黄海泛滥成灾——形成了绿潮。

绿潮是在特定的环境条件下，海水中某些大型绿藻（如浒苔）爆发性增殖或高度聚集而引起水体变色的一种有害生态现象。绿潮形成的罪魁祸首是海水富营养化，海水富营养化的根本原因是人类向海洋中排放大量含氮和磷等的工农业废水和生活污水。加上浒苔能够进行无性繁殖和有性繁殖，吸收海水中养分的能力很强，一旦拥有合适的阳光、温度和营养物质来源等条件，浒苔就会以惊人的速度生长和繁殖，扩散速度特别快，分布区域也随之扩张，最终出现大面积的爆发，造成"绿潮"灾害。

辛勤的环卫工人

在青岛海边，随处可见这样的打捞作业，打捞工人们往往从早上4点多就开始作业，用渔船在海里打捞，环卫工人在岸边装车运走。

这让我想起一句话：哪有什么岁月静好，不过是有人替你负重前行。

从青岛回到长沙，发现小区的湖水颜色很不对劲，呈蓝绿色，十几天不见，湖水怎么就变蓝了呢？经过一番打听，才知道是物业在治理水华，在湖水里撒了"优彩乐"。优彩乐是一种微生物渔业水质改良剂，主要成分可能

蓝绿色的湖水

是枯草芽孢杆菌和蓝色色素。枯草芽孢杆菌能高效降解池塘中的残饵、粪便和其他有机废物，减少底泥淤积；加快池塘物质循环和能量流动，建立浮游植物和天然有益菌的平衡来稳定水质和水色。蓝色色素则可控制池塘水体透明度，避免阳光直射池底，抑制青苔、蓝藻等的繁殖。

水华又是怎么形成的？水华是指淡水水体中藻类等大量繁殖的一种自然生态现象，与绿潮一样，水华的罪魁祸首也是水体富营养化。当生活及工农业生产中含有大量氮、磷的废污水进入水体后，蓝藻（蓝细菌）、绿藻、硅藻等藻类就会成为水体中的优势种群，大量繁殖后使水体呈现蓝色或绿色。

污染的海水中还常出现赤潮现象。赤潮又称红潮，国际上也称其为"有害藻华"或"红色幽灵"。赤潮是在特定的环境条件下，

海水中某些浮游植物、原生动物或细菌爆发性增殖或高度聚集而引起水体变色的一种有害生态现象。赤潮并不一定都是红色。根据引发赤潮的生物种类和数量的不同，海水有时也呈现黄、绿、褐等不同颜色。

海水中赤潮、绿潮等发生后，会遮蔽阳光，影响海底生物生长；消耗水中氧气，导致生物缺氧死亡；分泌有害物质，影响滨海景观等。

淡水中水华的最大危害是使饮用水源受到威胁，进而威胁人类的健康和生存。

这么说来，现代人若想像白居易时代的人们一样，安安心心地在"绿藻潭中系钓舟"，首先就要防止水污染呀。我们可以从一些力所能及的小事做起：

少用、慎用洗涤剂。洗衣服时尽量选择无磷洗衣粉，减少水质恶化，降低磷污染。

节约纸张。有数据显示，造纸行业所造成的污染占整个水域污染的30%以上。

努力做好垃圾分类，可回收的和不可回收的分开放。特别是用过的电池不要随意丢弃，以免造成水体重金属污染等。

外出旅游的时候，不要往水里丢果皮、食物残渣等垃圾。

绿水青山不是童话，得靠我们每一个人的共同努力来达到。

第三篇　雨后秋花到眼明

石蒜 | 煌煌五枝灯

从惟一楼六楼向桃子湖望去，发现桃子湖水面泛绿了，看样子是水华又来了。利用午休的时候到桃子湖实地观察，果不其然，的确是水华。治理后的桃子湖已经有十多年没有发生过这样严重的水华了，我感到心痛不已。幸好湖边的石蒜灿灿地开着，大大转移了我的注意力，让我难过的心情渐渐平静下来。

石蒜为什么叫石蒜？

在拍桃子湖西边的石蒜花时，发现花基部的地面上露出一丛丛的蒜头——石蒜的鳞茎，它们像石头一样坚硬，这大概就是石蒜名称的由来吧。

特别说明一下，石蒜不是蒜，它的鳞茎是不可直接食用的。在《本草纲目》中有如此记载："石

石蒜花开

石蒜鳞茎

154

蒜亦名乌蒜、老鸦蒜、蒜头草、婆婆酸、一枝箭、水麻，气味辛、
甘、温，有小毒。"

　　石蒜是石蒜科石蒜属的多年
生草本植物。石蒜属植物因品种
不同而花色和花形不尽相同，花
色有白色、乳白、奶黄、金黄、
稻草黄、粉红、玫红至大红色等。

　　我国是石蒜原产国之一，可
是在古诗词中却难得一见"石蒜"
二字的踪影，是什么原因呢？原
来，石蒜在古代有一个美丽的名字——"金灯花"。

金灯样的石蒜花

　　　　　煌煌五枝灯，

　　　　　下有玉蟠螭。

　　　　　汉宫已荆棘，

　　　　　此地生何为。

　　　　　　　——〔宋〕晏殊《金灯花》

　　细看红色的石蒜花，有 4～8 朵小花，每朵小花具有反卷的花
瓣、细长的花丝，整个花序呈伞形，所有的花丝均向心弯曲，形似
灯笼，怪不得古人将它们称为金灯花。晏殊看到的石蒜花具有"煌
煌五枝灯"，我有点不明白"下有玉蟠螭"指的是什么，是不是诗
人也看到了它露出地面、密密盘坐在一起的鳞茎，觉得它们像玉雕
之螭一样呢？

石蒜还有一个名字叫彼岸花。关于这一名字又有什么说法呢？我们先来读一首诗。

> 阑边不见囊囊叶，
>
> 砌下惟翻艳艳丛。
>
> 细视欲将何物比，
>
> 晓霞初叠赤城宫。
>
> ——〔唐〕薛涛《金灯花》

薛涛诗里的"阑边不见囊囊叶"描述了石蒜属植物的典型特性，即花叶不相见。

石蒜有秋出叶和春出叶两种类型。秋出叶是秋季开始长叶，到夏季枯萎。而春出叶类型的石蒜则早春长出叶片，夏季枯萎，一年中仅有三四个月的时间拥有叶片。到石蒜开花时，根本不见叶，就像凭空出现一般。

我国古籍《春秋繁露》记载："秋分者，阴阳相半也，故昼夜均而寒暑平。"二十四节气传入日本后，日本把春分和秋分称为"春彼岸"和"秋彼岸"。在秋彼岸节气，红色的石蒜正在花期，日本民间在秋分时有上坟的习俗，加之石蒜花叶不相见的特性，因此日本人把红色的石蒜称为彼岸花。这也是彼岸花的花语"无法相见、无尽思念、绝望的爱"的来源。

尽管石蒜绽放的时光来去匆匆，它那如"煌煌五枝灯"般绚烂，又蕴含"彼岸花"哀怨之意的风采，却足以触动每一位邂逅者的心弦。当你遇见它时，不妨驻足片刻，让石蒜的每一次盛开，都成为我们心灵深处一抹难忘的风景。

牵牛花 | 青青柔蔓绕修篁

经过一个暑假的高温肆虐，2024 届孩子们在惟一楼六楼种的植物，几乎全部被摧残，花坛里只有几株狗尾草还在泛着绿。

在烈日暴晒下，搬迁到六楼的 22 级的孩子们，却已经着手开始耕耘播种了。孩子们先用各种杯子、盘子在走廊里浸种，然后在花坛里拔杂草、松土，种下自己喜爱的植物。一下课，孩子们便顶着烈日到花坛边看自己养的花花草草。小麦、生菜、太阳花、豆角、西瓜等慢慢都从土里钻出来，长出枝叶，可以想见孩子们的心情是何等的激动与开心。

9 月 13 日，被遗传题弄得头昏脑胀的我，被孩子们拖出办公室，加入园丁行列。孩子们惊喜地告诉我，她们种的牵牛花开了！

真的没有想到这么小小的幼苗上居然也开了花。因为前两天我还在与孩子们讨论刚刚长出叶的牵牛花，它们的叶子形状好奇怪，有的叶缘整齐呈心形，有的叶子有缺刻。

牵牛花   牵牛叶

为什么同一株植物的叶片长得不一样？高中生物教材里提到过水毛茛的叶：生长在水下的叶子呈丝状，这种形态有助于减少水流阻力，使叶子能够更好地吸收氧气，进行光合作用。而生长在水面上的叶子则呈片状，这种形态有利于接受更多的光照，促进光合作用的进行。这一现象说明生物的性状不仅由基因决定，还受到环境的影响。

路边常见的构树也有不同的叶形，有的叶缘完整，有的有缺刻。有人解释说这是构树与昆虫协同进化的结果。昆虫为了让后代有足够的食物，通常都尽量避开不完整的叶片。构树苗为了保护自己，长出了不完整的叶片，而且是深裂类型，而大一点的构树叶子一般是完整或者浅裂，这样可以接受更多的阳光。牵牛花的叶形多变是不是也类似于构树的这种适应机制？它们的调控机理是怎样的？没有找到答案。

看到牵牛花纤细的枝条在努力往上伸展的样子，孩子们说要给牵牛搭个支架。其实在野地里，牵牛是无须我们来给它搭架的。牵牛属于旋花科植物，看似叶细枝柔，但它们具有较强的攀缘能力，就像宋代诗人汪应辰在《牵牛花》中所写，它们可以"傍阑干""上檐楹"。

> 叶细枝柔独立难，
> 谁人抬起傍阑干。
> 一朝引上檐楹去，
> 不许时人眼下看。

宋人比较爱牵牛花，随便一翻便有好多写牵牛花的诗句，如"绿蔓如藤不用栽，淡青花绕竹篱开""青青柔蔓绕修篁，刷翠成花着处芳""晓思欢欣晚思愁，绕篱萦架太娇柔"，诗里出现的高频词是"绕"。

孩子们发现牵牛花的茎总是逆时针方向旋转，于是这两天我也顺便观察了一下校园里的其他藤本植物。我发现葎草、金银花等茎的缠绕方向为顺时针方向旋转，而何首乌的茎则有的顺时针方向旋转，有的逆时针方向旋转。研究表明，植物旋转缠绕的方向特性，是它们各自的祖先遗传下来的本能，是一种对当地生存环境的适应特征。为了获得更多的阳光和空间，缠绕植物茎的顶端随时朝向东升西落的太阳。这样，生长在南半球的植物的茎就顺时针方向旋转，生长在北半球的植物的茎则逆时针方向旋转。经过漫长的进化过程，它们便逐步形成了各自旋转缠绕的固定方向。而起源于赤道附近的缠绕植物不需要随太阳转动便可得到充足阳光，因而其缠绕没有固定方向，可随意旋转缠绕。

孩子们还发现牵牛花朝开暮落，而且花色也多变。早上盛开时是漂亮的蓝色，后渐渐转变为红色，进而到紫色，傍晚则凋萎脱落。正因为如此，牵牛花还有一个名字叫朝颜。

孩子们的每一次亲手耕耘、每一次俯身观察，都是他们与自然对话的珍贵时刻，这些经历将在他们心中种下尊重生命、珍惜资源的种子。让我们共同期待，这些在小小花坛中播撒希望与梦想的孩子们，能够携手创造一个更加绿色、和谐的世界。

美人蕉 | 澹烟斜月见新花

　　国庆假期，为了不给路上添堵，决定不出远门，就在市区的园子里逛逛，拍些我心爱的花花草草。1 号就近逛了西湖公园。公园里花不多，植物呈现出一片凋零之态，刚刚拍了栾树花便下起了细雨，只好扫兴而归。2 号一大早，驱车近一小时直奔湖南省植物园，准备"大干一场"，结果省植物园的秋日让我大失所望，除了西门附近有大片向日葵开得正欢外，乏花可拍。看来植物园还是得春天来。3 号休息了一天。今天又起个大早，奔到了洋湖湿地公园。谢天谢地，这次总算来对了地方。湿地公园有许多花在等着我，其中开得正好的是各种各样的美人蕉。

各色美人蕉

160

美人蕉原产地在美洲，唐代传入我国。最早传入我国的估计是开红花的美人蕉，唐代有多首咏红蕉的诗，如唐代徐凝写有一首《红蕉》：

> 红蕉曾到岭南看，
> 校小芭蕉几一般。
> 差是斜刀剪红绢，
> 卷来开去叶中安。

诗里说到红蕉与芭蕉的关系是"校小芭蕉几一般"。猛一看美人蕉的叶子也较大，与芭蕉有几分相似，但一个是美人蕉科的，一个是芭蕉科的，两者相差甚远。

美人蕉最为招摇的是它们的花。明清以后，除了红色美人蕉花，人们还培育出其他颜色的花，有的像红绢，有的似黄绸，"美人蕉"之名便渐渐传开了。

美人蕉叶

> 美人名自香山赠，
> 珍重丛生琥珀芽。
> 才省汉家宫样好，
> 澹烟斜月见新花。
>
> ——〔清〕孙元衡《黄美人蕉》

有意思的是，美人蕉花中最吸引人眼球的部分，不是真正的花瓣，而是退化雄蕊：多数雄蕊丧失了产生花粉的能力，退化成了花瓣状，起到吸引动物传粉的作用。很想摘朵花观察一下它的花蕊，最终忍住没有下手。

今天还拍到了美人蕉的果实，长得像杨梅，先是青绿，后转为暗红色。

曾在《植物私生活》中看到过马达加斯加有一种通过动物来传粉的美人蕉。它的花冠位于树冠下，易被树栖动物接近，不过，只有大型动物才能将它坚韧的苞片打开，如狐猴。美人蕉用花蜜吸引狐猴助它传粉，狐猴的舌头较长，可以探入花冠内部吸食花蜜，待狐猴的毛皮粘上花粉后，就可以帮助美人蕉进行异花传粉了。

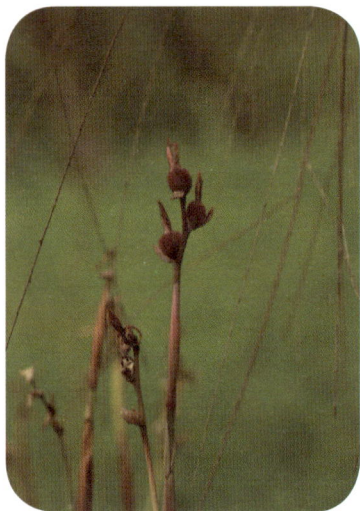

美人蕉果实

不知道洋湖湿地的美人蕉是谁在替它们传粉，今天拍花时没有看到传粉昆虫。

美人蕉不仅长得美，而且是天然的空气净化器。美人蕉能吸收二氧化硫、二氧化碳、氯化氢等有害物质，可净化空气，保护环境。由于叶片对有毒气体反应敏感，所以美人蕉被称为大气污染物的监测器。

　　公园管理处的大喇叭宣传说这里的空气质量极好，负离子含量是市区的 6 倍之多，美人蕉应该是做出了突出贡献的。

　　公园里的美人蕉，不仅以"斜刀剪红绢"的美丽吸引了我的镜头，更以其净化空气，守护自然的能力，诠释了生命之美与大自然之善。

木槿 | 有女同车，颜如舜华

每每看到木槿花开，脑子里便冒出"有女同车，颜如舜华"这一句古诗来。

> 有女同车，颜如舜华。将翱将翔，佩玉琼琚。彼美孟姜，洵美且都。
>
> 有女同行，颜如舜英。将翱将翔，佩玉将将。彼美孟姜，德音不忘。
>
> ——《诗经·郑风·有女同车》

诗的大意是：我与这位姑娘同坐在车上，她的容颜好像绽放的木槿花。腰间的美玉精美闪亮，好像鸟儿要飞翔。美丽端庄的人儿呀，你就是孟姜。我与这位姑娘同坐在车上，她的容颜好像绽放的木槿花。腰间的美玉环佩声音清脆悦耳，好像鸟儿要飞翔。品德高尚的人儿呀，你就是孟姜。

诗中的舜即木槿，舜华、舜英即木槿花。相传在上古时期，

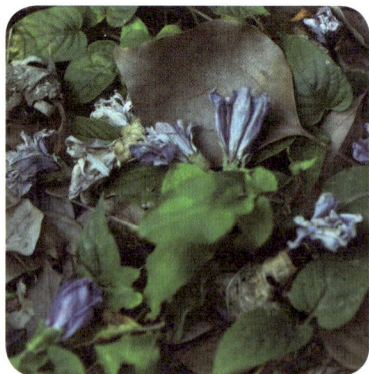

木槿落花

舜救活了三棵木槿树，木槿仙子为报舜活命之恩，取舜之讳为姓，以示纪念。

九月底到桃子湖去散步，发现桃子湖东北侧的木槿花开得没有往年的好，干瘦干瘦的，这多半是今年的干旱闹的。林下的空地上，掉落了不少木槿花。不过，木槿花落似乎怪不得干旱，朝开暮落是它的习性。

木槿花"迎晨而放，日中即落，至夕则谢，故又称朝开暮落花"，有多首古诗为证：

> 风露凄凄秋景繁，可怜荣落在朝昏。
>
> ——〔唐〕李商隐《槿花》
>
> 莫言富贵长可托，木槿朝看暮还落。
>
> ——〔唐〕李颀《别梁锽》
>
> 莫恃朝荣好，君看暮落时。
>
> ——〔唐〕刘庭琦《咏木槿树题武进文明府厅》
>
> 槿花不见夕，一日一回新。
>
> ——〔唐〕崔道融《槿花》

木槿属锦葵科，与棉花同科。夏秋开花，花色丰富，有紫、白、红、淡紫等颜色。

细心的人会发现，木槿同一枝上花的颜色各异，但落花则几乎变成蓝色了。花瓣之所以呈现不同的颜色，主要是因为细胞液中含有花青素。花青素是一种水溶性色素，可以随着细胞液的酸碱度变化而改变颜色。细胞液呈酸性则偏红，细胞液呈碱性则偏蓝。

据此推断，木槿花在成熟后衰老脱落的过程中，细胞液的碱性在逐渐增强。

木槿的花有重瓣花、单瓣花两种。我在桃子湖拍到的木槿花是重瓣的，第二天又在附近小区里拍到了单瓣木槿花。比起梦幻的重瓣花，单瓣花更加清新淡雅。

锦葵科植物的共同特点是许多雄蕊的花丝连合成筒，套在雌蕊外面。重瓣花的雄蕊特化成花瓣，只有雌蕊探出特化的花瓣之外。

单瓣木槿花

木槿花的雌蕊成熟时，花柱延长，从中部开始分为5支，柱头扩大呈伞状，表面覆满绒毛，以便更多地接受花粉。此时雄蕊是不成熟的，花朵只能接受其他花提供的花粉。雄蕊成熟时，雌蕊的花柱缩成一团，此时的花只具有雄花功能，可以为其他花的

木槿花蕊

雌蕊提供花粉；这种雌雄蕊不同步成熟的方式避免了自花授粉造成近交衰退的问题。

元代诗人舒頔称赞木槿花可与芙蓉花和牡丹花媲美。

爱花朝朝开，怜花暮即落。颜色虽可人，赋质无乃薄。

亭亭映清池，风动亦绰约。彷佛芙蓉花，依稀木芍药。

炎天众芳彫，而此独凌铄。慰目聊娱情，苍松在岩壑。

——〔元〕舒頔《木槿》

　　木槿花不仅好看，还可以吃。记得前些年在乡下吃过木槿花炒蛋，不记得味道了，只记得比栀子花好吃些。为什么当时要跟栀子花比呢？大概是平生所吃的观赏花怕就是这两种了。木槿花的做法很多，可以做汤、油炸、炒鸡蛋、做饺子馅料等。不过友情提示一下：除非自家种的木槿，否则不要乱采乱吃。因为木槿叶易生病虫害，观赏用木槿可能喷洒过农药。

　　木槿的花语是"坚韧、质朴、永恒、美丽"。这让我想起我们学校的许多女同胞们：在家争做贤妻、良母、好女儿，在校重担双肩扛，有如木槿花儿一样，温柔地坚持着，尽情绽放着自己的那份成熟之美。前些日子，在实习生总结会上，我给即将离开的实习生们分享了一下附中"花儿们"的工作感悟：在繁重的工作压力下，要学会"重担轻挑"。即压力越大，越要微笑面对，同时要利用运动、歌舞、健身操、摄影、写作等各种方式释放压力，唯有这样，才会更加坚韧，才会美丽永恒。

黄荆 | 绸缪束楚，负荆请罪

绸缪束薪，三星在天。今夕何夕，见此良人？子兮子兮，如此良人何？

绸缪束刍，三星在隅。今夕何夕，见此邂逅？子兮子兮，如此邂逅何？

绸缪束楚，三星在户。今夕何夕，见此粲者？子兮子兮，如此粲者何？

——《诗经·唐风·绸缪》

诗里描绘了贺新婚和闹洞房的场面。

大婚礼成，暮色渐降，星星三三两两挂在天上，闹洞房的人们兴致高涨：

（一闹新娘）：今夜是个什么样的夜呀？你如何遇见这么好的新郎？有福气的你呀，把这个可人的新郎怎么办？

（二闹新郎）：今夜是个什么样的

黄荆

夜呀？你如何邂逅这么好的新娘？有福气的你呀，把这个漂亮的新娘怎么办？

（三道祝福）：今天是个什么样的日子呀？你们如何有这美丽的邂逅？有福气的你们呀，面对可人美丽的对方怎么办？

诗里的"楚"，即黄荆。

黄荆为马鞭草科牡荆属灌木或小乔木。

在湖南师大附中镕园洁齐亭边的假山上，就长有一株黄荆，夏天时可以去观赏一下。纤细的枝条、掌状复叶、淡紫色花冠，给人一种小清新的感觉。

我曾在郴州高椅岭景区的山上发现许多黄荆，有的在花、有的在果。山上做生意的本地人很是热心，用郴州话告诉我它们叫"wáng jīn gùn"，而我的家乡岳阳把这种植物叫"wáng jīn cai"。湖南土话往往把"黄"读成"王"，还有"jing""jin"不分，我分别"翻译"成"黄荆棍"和"黄荆柴"。应该没有"翻译"错吧。

第一次在郴州的农家小院里看到几盆黄荆做的盆景，颇感惊奇。要知道，在我的家乡，黄荆似乎只有两个用途：一是晒干后当柴火烧；二是用于制作豆豉的辅料。做豆豉时先将黄豆蒸熟晾干，放在簸箕中摊开，然后将黄荆的枝叶铺盖在黄豆上面，再放到通风处，让黄豆表面长出黄黄的霉来。我一直不明白家乡做豆豉时为什么要用黄荆，上网一查才知道，黄荆

黄荆老桩盆景

的"花和枝叶可提取芳香油",难怪家乡的豆豉味道是那么香,无豆可比。

说到荆,很难不联想到负荆请罪这个故事。那么,负荆请罪里的荆是什么植物呢?

清代陈昌治刻本《说文解字》对荆的解释是:楚木也。

楚木也,指的是楚地的一种木?还是又名楚,一种木呢?

比较公认的看法是后者,即古名楚,也就是黄荆。尽管黄荆枝条上没有刺,但它的枝条比较长且柔韧,如果用其来惩凶除恶,会抽得人皮开肉绽。

《诗经》里"绸缪"的意思是缠绕,可引申为缠绵,"束薪、束刍、束楚"原本的意思为扎起来的柴火,因为古代的娶嫁都是燎炬为烛的,所以"束薪、束刍、束楚"等暗示着娶亲。

"负荆请罪"里的荆,则是古代的一种刑具用材。《书经》云"朴作教刑",其刑具以"夏楚"二木为之,"夏"就是"榎",今称为楸树,"楚"就是黄荆。黄荆与楸树自古以来被视为"刑罚"的象征。

荆还有一种用途。古代贫困妇女没有什么金银来作发饰,往往就地取材,用最为常见的黄荆棍制作发钗,称为"荆钗"。

黄荆

由此,再衍生出"拙荆"这一丈夫对妻子的谦称来。

从"绸缪束楚"到"负荆请罪"再到"荆钗与拙荆",中华文化的博大精深,可见一斑。

国槐｜袅袅秋风多，槐花半成实

很久没有逛琢园了，前两天路过，突然发现园子里一株龙爪槐的枝条几乎全部高高向上挺起，开了花并结了果。正应了白居易的诗句"袅袅秋风多，槐花半成实"。我很是好奇：究竟是龙爪槐又变回了国槐的样子？还是用以嫁接龙爪槐的国槐砧木强势发出了新枝并修成正果呢？我看了半天也没有真正搞明白。再看看周围的几株龙爪槐，虽然少数枝条有了花与果，但树形还是保留了老枝蟠曲、小枝下垂的样子。

校园龙爪槐开花

又见槐花开，心里有些小小的激动。

7月底，我在北京大学围墙外的培训点学习了一周。室外非常炎热，室内冷气袭人，让感冒了的我雪上加霜。再加上培训时间安排得非常紧凑，听课听得非常辛苦。

何以解乏，唯有那满园、满街与满山的槐花。

国槐是北京的市树。七月的北京，

北京的国槐花

是槐花的世界。无论是大街还是小巷，抬头即可见槐荫，低头无意踏槐花，可以说：无槐树，不北京。

国槐原名槐，有诗词为证：

> 槐绿低窗暗，榴红照眼明。
>
> 玉人邀我少留行。
>
> 无奈一帆烟雨、画船轻。
>
> 柳叶随歌皱，梨花与泪倾。
>
> 别时不似见时情。
>
> 今夜月明江上、酒初醒。
>
> ——〔北宋〕黄庭坚《南歌子》

> 不向烟波狎钓舟，
>
> 强亲文墨事儒丘。
>
> 长安十二槐花陌，
>
> 曾负秋风多少秋。
>
> ——〔晚唐〕韦庄《惊秋》

槐树为什么成了国槐呢？

有人说：周代宫廷外有三棵大槐树，高官朝见天子时，都要站在这三棵大槐树下。后人将大槐树比作宰相国公辅助国君的象征，槐树因此成为国树。

我倒是更倾向于另一种解释：槐树原产于中国，为了与原产于北美、18 世纪末从欧洲引入中国的洋槐（刺槐）相区别，取名为国槐。

唐代李淖的《秦中岁时记》记载："进士下第，当年七月复献新文求拔解。故曰：槐花黄，举子忙。"

槐花黄时，正是考生准备科举考试之时。自唐朝以来，科举考试是古代读书人获取功名的唯一途径，槐也被衍生为科举的代名词，考试的年份称"槐秋"，考试的月份称"槐黄"。

苏轼曾经写了一首留别诗《和董传留别》：

> 粗缯大布裹生涯，腹有诗书气自华。
>
> 厌伴老儒烹瓠叶，强随举子踏槐花。
>
> 囊空不办寻春马，眼乱行看择婿车。
>
> 得意犹堪夸世俗，诏黄新湿字如鸦。

诗中的"举子踏槐花"，即指举子赴考。苏轼称颂董传"腹有诗书气自华"的这一句，成了千古名句。

看天气预报，明后天长沙将大幅降温并有小雨。有空的亲们不妨到琢园去走走，感受一下"雨过前山日未斜，清蝉嘒嘒落槐花"的情景。

果蠃与瓜苦丨果蠃之实，有敦瓜苦

> 我徂东山，慆慆不归。我来自东，零雨其濛。
>
> 果蠃之实，亦施于宇。伊威在室，蟏蛸在户。
>
> 町疃（tǐng tuǎn）鹿场，熠耀宵行。不可畏也，伊可怀也。
>
> 我徂东山，慆慆不归。我来自东，零雨其濛。
>
> 鹳鸣于垤，妇叹于室。洒扫穹窒，我征聿至。
>
> 有敦瓜苦，烝在栗薪。自我不见，于今三年。
>
> ——《诗经·豳风·东山》

诗词大意是：

自我远征东山东，回家愿望久成空。如今我从东山回，满天小雨雾蒙蒙。栝楼藤上结了瓜，藤蔓爬到屋檐下。屋内潮湿生地虱，蜘蛛结网当门挂。鹿迹斑斑场上留，磷火闪闪夜间流。家园荒凉不可怕，越是如此越想家。

自我远征东山东，回家愿望久成空。如今我从东山回，满天小雨雾蒙蒙。白鹳丘上轻叫唤，我妻屋里把气叹。洒扫房舍塞鼠洞，盼我早早回家转。团团葫芦剖两半，撂上柴堆没人管。旧物置闲我不见，算来到今已三年。

诗中的"果蠃"与"瓜苦"，即栝楼与葫芦，而我近日有幸拍到了这两种植物。

　　八月初，在重庆武隆仙女山度假。在一闲置度假别墅茅深草乱的院子里，一丛花如白色乱发的栝楼，或攀在绿篱上，或爬在地上，就这样静静地等我来。

栝楼

　　前几天，在学校打靶村拍那被吹落到围墙外面平房屋顶上的栾树落花时，偶然发现围栏上、外面的屋顶上，也爬满了栝楼。踩着很深的落叶从教工宿舍南面的小坡上下到围栏边，拍了栾花再拍栝楼。用手臂勾住栏杆再双手举相机拍照，那动作难看不打紧，角度也不好找。热心的同事替我找了一个梯子架着，这才腾出手臂来安心拍照。

栝楼

那天拍照后采了一枝栝楼，碰巧在食堂前遇到老中医张医生，张医生一看就说：栝楼啊，一味中药，性寒味甘，能润肺化痰，利气宽胸。

栝楼圆圆的果实在成熟过程中由绿变黄，甚是好看。

栝楼果实

葫芦与栝楼都是葫芦科植物，分别为葫芦属与栝楼属。第一次拍到葫芦是在武隆的天坑景区，一农家玉米地的边缘，挂了一篱葫芦。除了葫芦丝和葫芦小挂件外，这是我离开农村后第一次再见到葫芦，有些小激动。

再次拍到葫芦，是在学校惟一楼六楼露台上。学生种的瓜果蔬菜中，就有葫芦的花和果。学生种的葫芦虽然没有武隆的壮实，但看着更加亲切与感动。

葫芦的果实成熟后外壳木质化，中空，可作各种容器、水瓢或玩具等。

葫芦

　　"壶""卢"本为两种盛酒、盛饭的器皿，因葫芦的形状和用途都与之相似，所以人们便将"壶""卢"合成为一词，作为这种植物的名称。很好奇古人是怎样将"壶卢"演化成"葫芦"的。

　　小时候用过葫芦做的水瓢，现在用的塑料水瓢就是葫芦瓢的仿生版。读别人对诗句"有敦瓜苦，烝在栗薪"的解释，才知道古代合卺风俗与葫芦有关。卺（jǐn），是古代举行婚礼时用作酒器的瓢。合卺仪式是：把一个葫芦剖成两个瓢，以线连柄，新郎新娘各拿一瓢饮酒，同饮一卺，合起来依然是个完整的葫芦，象征婚姻将两人连为一体，从此相亲相爱永不分离。葫芦，谐音"福禄"，自古以来就是招财纳福的吉祥之物。葫芦，也因此成了画家所钟爱的素材之一。

　　读《诗经》时发现，干葫芦还有一个用处：充当救生圈。古人渡河时，将风干了的葫芦果拴于腰上，人则可浮于水，故称为"腰舟"。有诗为证：

葫芦瓢

> 匏（páo）有苦叶，济有深涉。深则厉，浅则揭。
>
> 有弥济盈，有鷕（yǎo）雉鸣。济盈不濡轨，雉鸣求其牡。
>
> 雍雍鸣雁，旭日始旦。士如归妻，迨冰未泮。
>
> 招招舟子，人涉卬否。人涉卬否，卬须我友。
>
> ——《诗经·邶风·匏有苦叶》

诗中的匏，也是葫芦。诗中描写了一名在渡口等候情人的女子的急切心情。"匏有苦叶，济有深涉。深则厉，浅则揭"意为葫芦叶子已经干枯，瓜可做腰舟了，济水再深也得渡呀，我的情哥哥。水深则连衣慢慢过，水浅就提裙快快走。

小小葫芦，蕴藏不少中华优秀传统文化于其中。读诗使人明智，此话一点也不假。

猕猴桃 | 隰有苌楚，猗傩其枝

国庆节从大围山带回来的野生猕猴桃终于熟了。急不可耐地切开，用勺子挖着吃了一口，酸酸甜甜的。把猕猴桃果肉捣碎后，放入自制酸奶（未放糖）中，味道好极了。

那天早上，我在大围山古树群景区散步，一抬头发现一枝猕猴桃枝条从老乡家围墙上伸了出来，眼睛为之一亮。立马沿着围墙边往上走，找到了猕猴桃的出处。下山前，找当地老百姓买了两斤野生的猕猴桃。

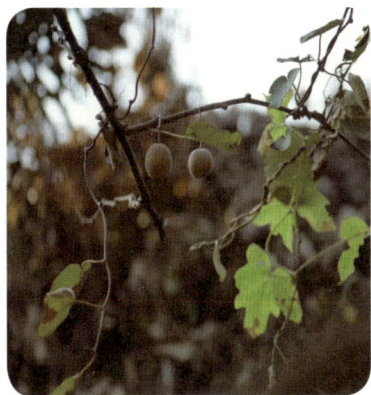

猕猴桃

记得岳阳老家的山里曾经是有猕猴桃的，村里人叫"yáng"桃，不知道是哪个"yáng"，但我猜不是"洋"。因为一般带"洋"字的，往往是外来引入物种，而猕猴桃是原产于中国的古老野生藤本果树。早在先秦时期的《诗经》中就有了猕猴桃的记载：

> 隰有苌楚，猗傩其枝。天之沃沃，乐子之无知。
>
> 隰有苌楚，猗傩其华。天之沃沃，乐子之无家。
>
> 隰有苌楚，猗傩其实。天之沃沃，乐子之无室。
>
> ——《诗经·桧风·隰有苌楚》

诗中的"苌楚"，指的是猕猴桃。在诗人的眼里，猕猴桃蔓长藤绕，花儿绽放，果实累累，是那么婀娜多姿，仿佛在描写一位明媚的少女。

在唐代岑参所写的《太白东溪张老舍即事，寄舍弟侄等》一诗里，我们可以看到那时的人们已经在庭院栽种猕猴桃了。

> 渭上秋雨过，北风何骚骚。
>
> 天晴诸山出，太白峰最高。
>
> 主人东溪老，两耳生长毫。
>
> 远近知百岁，子孙皆二毛。
>
> 中庭井阑上，一架猕猴桃。
>
> 石泉饭香粳，酒瓮开新槽。
>
> 爱兹田中趣，始悟世上劳。
>
> 我行有胜事，书此寄尔曹。

李时珍在《本草纲目》中描述了猕猴桃的形色及名称的由来："其形如梨，其色如桃，而猕猴喜食，故有诸名。"

从大围山里带回来的猕猴桃原本是又酸又硬的，为了早日吃到又软又甜的猕猴桃，我把它们与一根熟透的香蕉放在一个塑料袋中，几天后猕猴桃变软就可以食用了。这其中有何奥秘呢？

　　果蔬采后的呼吸可分为呼吸跃变型和非呼吸跃变型。呼吸跃变型果蔬是指采收后呼吸有波动，出现一个明显的峰值，如苹果、香蕉、芒果、猕猴桃、梨、桃子、李子、木瓜、榴梿等。非呼吸跃变型果蔬是指采收后呼吸平缓，无显著峰值。猕猴桃是典型的"呼吸跃变型"水果，在采后一段时间，果实内部乙烯会突然大量生成，果实出现一个呼吸高峰，随后快速变软腐烂。为了便于运输，要在成熟前采摘，所以我们买到的猕猴桃往往是硬邦邦的。成熟的水果如香蕉可以释放较多的乙烯，促进果实的成熟。因此，没有成熟的猕猴桃与成熟的香蕉放在密闭的袋子里，就会很快成熟，变软变甜。

　　相信大家吃过不少红心、黄心、绿心的猕猴桃，也花高价吃过奇异果。其实，这些猕猴桃与奇异果都是由中国的野生猕猴桃栽培驯化而来的。中国的驯化种还叫猕猴桃，而留洋归来的则被称作"奇异果"，身价也抬高了不少，其实营养价值应该没有太大的差别，都富含维生素C。

　　《诗经》里的"苌楚"是爱情果，现代生活中的猕猴桃被人称为"水果之王"。猕猴桃以其独特的文学意象和丰富的实用价值，成为了人们生活中不可或缺的一部分。它既是文人墨客笔下的宠儿，又是人们追求健康生活的理想选择。让我们在品味猕猴桃的美味与营养的同时，也感受其蕴含的深厚的文化底蕴和人文情怀。

松 | 愿君学长松

十月二日到江西明月山，乘坐缆车直上山顶，然后一家人克服恐高的障碍，走完了青云栈道全程。

在我眼里，青云栈道风景区最美的不是云海、险峰，而是那些长在悬崖峭壁上的松树。

看到这些从岩石缝中横空伸出的松枝，你会不由自主地感叹人之渺小，由衷敬畏大自然中生命之顽强。

明月山的松

正因为松树在贫瘠的土壤中甚至在岩石缝中都能够生长，而且在万物萧瑟的寒冬，松树依旧郁郁葱葱，所以松与竹、梅并称为"岁寒三友"，同时松也成为坚忍不拔、顽强不屈的象征。古代文学作品中多有对松的歌颂，摘录几句如下：

> 如月之恒，如日之升。如南山之寿，不骞不崩。如松柏之茂，无不尔或承。
>
> ——《诗经·小雅·天保》

山中人兮芳杜若，饮石泉兮荫松柏。君思我兮然疑作。

——〔战国〕屈原《九歌·山鬼》

太华生长松，亭亭凌霜雪。天与百尺高，岂为微飙折。
桃李卖阳艳，路人行且迷。春光扫地尽，碧叶成黄泥。
愿君学长松，慎勿作桃李。受屈不改心，然后知君子。

——〔唐〕李白《赠韦侍御黄裳二首》

诗中的松，是裸子植物松科松属植物的统称。

松树的木质部排列紧密，水分含量相对落叶乔木要低很多，不怕冻伤，这是其耐寒的原因之一。松树的叶多呈针形，角质层发达，表面积与体积之比小，气孔下陷，厚壁组织充分发育，所以在生理上，它们和阔叶树种相比，更能忍耐缺水而不受伤害。松叶表面有一层类似蜡质的表层，可以减少水分的蒸发量，不像其他落叶植物一样要通过落叶来减少水的蒸发量。随着新叶的长出，松树叶的脱落是随时进行的，所以松树四季常青。

松树的根系较为发达，可以扎根于贫瘠土壤甚至岩石缝隙中。不仅如此，松树根还可以与某些真菌共生形成菌根。菌根是土壤中某些真菌与植物根的共生体。菌根的主要作用是扩大根系吸收面，增强对原根毛吸收范围外的元素（特别是磷）的吸收能力。菌根真菌菌丝体既向根周土壤扩展，又与寄主植物组织相通，一方面从寄主植物中吸收糖类等有机物质作为自己的营养，另一方面又从土壤中吸收养分、水分供给植物。大自然真的很神奇。

在附中校园里，也种有几棵松树。

广益楼西侧的这棵黑松，长势不错，上面已经结了球果，可惜没有拍到过它的球花。松树雌雄同株，雄球花是小孢子叶球，雌球花是大孢子叶球。松树的球花一般于春夏季开放，花粉传到雌球花上后，要到第二年初夏才萌发，使雌球花受精，受精后雌球花发育成球果。球果由种子和鳞片构成，种子裸露，种子外没有果皮包被，因而松树属于裸子植物。10 月，松树的种子才成熟，从开花到种子成熟，历时 18 个月左右，一粒松子来得真是不易。

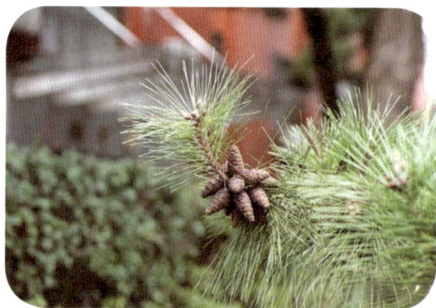

校园黑松的球果

执中楼的南面，也种有一棵松树。

南方的校园里，松树是比较少见的。

我很是好奇：附中校园的松树是什么时候栽种的？是取"愿君学长松"之意吗？

水稻｜十月获稻

　　学校教学开放周的最后一天，"四新背景下的同课异构生物教学竞赛"活动举行，本部和分校共六位老师同课异构，精彩纷呈。从早上8点半就开始听课、评分，中午准备微讲座的文稿，下午还要听评课、做微讲座、参加颁奖仪式，忙得我头晕眼花。

　　下午颁奖仪式结束后，我正准备闪离会场，突然眼前一亮：一位不认识的女老师抱着一把杂交水稻亭亭玉立在身旁。说实话，我是第一次亲眼看到这么高的杂交水稻，顿时头不晕眼不花了。我很是好奇地问她为什么带着杂交水稻，并找她讨要几根。原来语文竞赛课的课题讲的是袁隆平的"禾下乘凉梦"，这位有心的美女老师特地从家乡弄来了一把杂交水稻给孩子们看。我心想她抱着那么多稻穗多不方便，肯定会把那一大把稻子全给我吧，谁知道她却只小心翼翼地抽出两根递给我。大概是太珍贵了，舍不得吧。两根就两根，我如获至宝。

　　下楼后碰到两个高一的女学生，我便迫不及待地告诉她

比学生高的水稻

185

们，这就是生物课本里"科学家访谈"中提到的杂交水稻。我请两位学生帮忙拍照留影，留着下次给学生讲袁隆平的"禾下乘凉梦"时用。

"杂交水稻之父"袁隆平院士，寂寂无闻时就敢于挑战世界权威。1961年，在湖南安江农校教书的袁隆平先生，在一块早稻田里偶然发现了一株"鹤立鸡群"的水稻。收获种子后他将其再播种研究，发现它并没有将穗大、籽粒饱满的优良性状稳定遗传，经研究分析发现，这是一株天然的杂交水稻。当时的权威理论是：水稻等自花传粉植物没有杂种优势，不宜进行杂交。袁隆平先生不迷信权威，并因此开始了杂交水稻的研究。

袁老名满天下时仍然只专注于绿野田园。他曾说过："我做过一个梦，梦见杂交水稻的茎秆像高粱一样高，穗子像扫帚一样大，稻谷像葡萄一样结得一串串，我和我的助手们一起在稻田里散步，在水稻下面乘凉。"现在，老先生的这个梦基本上已经实现。

袁隆平老先生还有一个梦想，即"杂交水稻覆盖全球梦"。在一次访谈节目中，主持人问："您让杂交水稻这个技术世界共享是为什么呢？"近90岁高龄的袁老回答："这是个好事情，为什么不让世界共享呢？"质朴的回答流露出来的是高尚的情怀。

稻在我国至少有七千年的栽培历史。根据考古发现和生态学研究，多数学者认为栽培稻起源于长江中下游。而在《诗经》中，有多篇提到了稻，可见，在《诗经》年代，黄河流域也有了稻的栽培。下面选两篇给大家分享一下。

> 曾孙之稼，如茨如梁。曾孙之庾，如坻如京。乃求千
> 斯仓，乃求万斯箱。黍稷稻粱，农夫之庆。报以介福，万寿
> 无疆。
>
> ——《诗经·小雅·甫田》

诗里描述的是丰收的景象：到了收获的季节，地里的庄稼获得了大丰收。不但场院上的粮食堆积如山，而且仓中的谷物也装得满满的，就像一座座小山冈。于是农人们为赶造粮仓和车辆而奔走忙碌，大家都在为丰收而庆贺，心中感激神灵的赐福，祝愿周王万寿无疆。

> 肃肃鸨羽，集于苞栩。王事靡盬（gǔ），不能蓺（yì）
> 稷黍。父母何怙？悠悠苍天，曷其有所？
>
> 肃肃鸨翼，集于苞棘。王事靡盬，不能蓺黍稷。父母何
> 食？悠悠苍天，曷其有极？
>
> 肃肃鸨行，集于苞桑。王事靡盬，不能蓺稻粱。父母何
> 尝？悠悠苍天，曷其有常？
>
> ——《诗经·唐风·鸨羽》

鸨善于浮水，但是不善于在树上栖息和飞行，而诗中的鸨却怪异地出现在柞树、酸枣和桑树上，就好比诗中的主人公，抛弃本业，常年在外服徭役而不能在家乡种植黍稷和稻粱，不能侍奉父母高堂。于是他痛苦地质问："父母何怙？""父母何食？""父母

何尝？"并高声向苍天呐喊："曷
其有所？""曷其有极？""曷其
有常？"

除了《诗经》，关于稻的古
诗词还有很多，我最喜欢的是辛
弃疾的《西江月》。

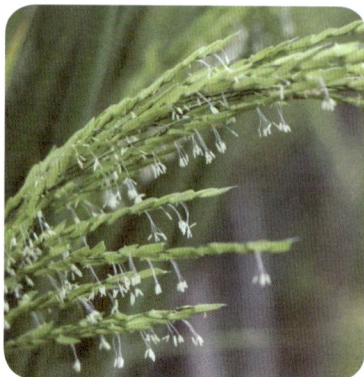

美美的稻花

明月别枝惊鹊，清风半夜鸣蝉。

稻花香里说丰年，听取蛙声一片。

七八个星天外，两三点雨山前。

旧时茅店社林边，路转溪桥忽见。

——〔宋〕辛弃疾《西江月·夜行黄沙道中》

夜深人静时，读到"稻花香里说丰年，听取蛙声一片"，那份
对乡村生活的怀念之情更如潮水般涌来，让我心生向往，渴望回归
那个有稻香、有明月、有蛙鸣的简单而宁静的世界。在那样的夜
晚，或许我们每个人都能找到心中的"禾下乘凉梦"，感受到那份
最纯粹的幸福与满足。

南酸枣 | 雨中山果落

9月14日，我在学校西门一栋南边的斜坡上，发现几粒酸枣子，抬头一看，一株高大的南酸枣映入我的眼帘。这让我想起学校打靶村那株高大的南酸枣树。每年春天先叶后花，夏天绿叶满树，秋天叶色渐黄，冬天叶片凋落，周而复始，却从来没有见到过它结果。直到在春天看到了它花开花落，才想明白这株南酸枣应该是雄株。

想起来蛮有意思的，校园里的南酸枣树，一雌一雄，一西一东，遥遥相望，不知道是自然而生，还是人们有意而为。

西门的酸枣果

东边的酸枣花

周四下午，我到岳麓山小爬了一会儿，又收获了两粒南酸枣。用菜刀把它们初步解剖了一下，终于明白为什么有的地方把南酸枣称为鼻涕果了。南酸枣的果肉是乳白色的，又黏又软，就像鼻涕一样。尝了尝它的味道，酸酸的。

特别说明一下：南方人常见常吃的酸枣，其实是南酸枣的果实。南酸枣是漆树科南酸枣属植物，果实成熟后果皮呈黄色，因为它的果实长得有点像枣子而味道又很酸，所以叫酸枣。而北方地区另有一种酸枣，是鼠李科枣属植物。为了区别于北方的酸枣，南方的酸枣就叫南酸枣。

南酸枣果

南酸枣还有一个名字叫五眼果。一直不知道为什么这么叫，直到最近才弄明白。

前几天路过一家浏阳特产店时，发现店里花样最多的是南酸枣糕点，味道很有湖南特色。有的裹了芝麻，有的加了辣椒面，有的拌了紫苏，有的似乎撒了五香粉。形状也各异，有饼状、球状、片状。老板告诉我，要做酸枣糕，首先得把新鲜酸枣蒸一蒸，去掉里面的硬核，把剩下的果肉捣烂成泥状，再加入想要添加的调味料拌匀，之后搓捏或压成想要的形状，烘干或晒干即可。当然也可以直接用酸枣果实腌制，我买了一袋，味道果然更纯正、口感更丝滑。我把吃剩的酸枣核攒了一碟，意外发现了五眼果名称的来源。

原来南酸枣的果核（果实的内果皮，我们食用的果肉是中果皮）两端各有五个孔，其中较粗一端的五个孔较大，像五只眼睛一样。

南酸枣果壳上为什么要长五个孔呢？于是，我又动用了菜刀，这次是想把它的硬壳打开，可是无论我怎么用力都拍不开。迫不得已想出一招，先用火烤再用刀攻。果壳表面烧焦了，用刀拍还是有些拍不动，终于拍开后发现，种子也被我拍碎了。

五眼果

费了九牛二虎之力，烧了几粒果子，还是蛮有收获的。

原来，五眼果异常坚硬的果壳内部有五个小室，每个小室里有一粒种子，细长的种子正对着五个孔，应该是给种子萌发留的出芽通道。

不得不再次感叹五眼果的智慧：用酸酸甜甜富有营养的中果皮吸引小动物们来摄食，利用奔跑能力强的小动物为自己更远地传播种子；用坚硬的内果皮小心呵护里面的种子，以免动物的牙齿和消化液将种子破坏；在坚硬的果壳上精确开了小孔，让每粒种子萌发都有了通道。

今天早上上班时路过合作村，习惯性抬头看了看那棵雌南酸枣树，它的叶子落完后，上面挂着的酸枣粒粒可见，真诱人。中午回到打靶村，发现这边雄南酸枣树的叶子也落完了。铅华去尽后的南酸枣树，细密的枝条伸展在空中，那形态、那质感，我看呆了。

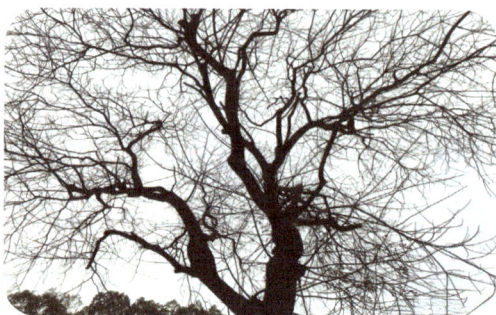

铅华去尽的南酸枣树

假如王维穿越到此地，可能会吟唱一首《秋夜独坐》，唱出他对时光流逝与生命哲学的深刻感悟：

> 独坐悲双鬓，空堂欲二更。
>
> 雨中山果落，灯下草虫鸣。
>
> 白发终难变，黄金不可成。
>
> 欲知除老病，唯有学无生。
>
> ——〔唐〕王维《秋夜独坐》

乌桕｜乌桕微丹菊渐开

> 乌桕微丹菊渐开，天高风送雁声哀。
>
> 诗情也似并刀快，剪得秋光入卷来。
>
> ——〔宋〕陆游《秋思》

长沙断崖式降温前一天，萍说："西湖公园的乌桕叶红了，非常漂亮，你赶紧去拍一拍。"

我这个人吧，就是受不了植物的诱惑，当天下午便抽空出了一趟校门，没有到西湖公园，而是到了湘江边，因为我知道湘江边也有

江边的乌桕红了

许多乌桕。走到湘江边，目光随便一扫，叶子红红的，或黄黄的，或红里透黄的，十有八九是乌桕。

记得不久前有位地理老师问过我，秋天叶子为什么会变红？这得从细胞内的色素讲起。

叶片的颜色是由细胞内的色素决定的，细胞储存色素的部位

有两处，一是叶绿体，一是液泡。在叶肉细胞的叶绿体中分布着许多能够吸收光能的色素，如橙黄色的胡萝卜素、黄色的叶黄素、蓝绿色的叶绿素 a 和黄绿色的叶绿素 b 等，其中叶绿素约占色素总含量的四分之三，所以叶片一般呈绿色。细胞的液泡中则含有另一类色素——花青素。花青素常与一个或多个单糖结合形成花色苷。花色苷的颜色取决于酸度，它们使叶子可能呈红色、紫色、蓝色或黑色。

以乌桕为例，乌桕叶片之所以一年四季色彩变换，就是因为叶绿体中的光合色素和液泡中花青素的含量发生了变化。秋天来临，温度降低，叶绿素就会因为遭到破坏而渐渐消失，黄色的叶黄素、胡萝卜素就显示出来，秋天叶子变黄就是这个道理。如遇强光、低温、干旱的气候，乌桕叶子会产生大量的红色花青素，这就是形成红叶的原因。

在江边拍乌桕时发现两片落叶叠在一起，将它俩分开后发现，被一片叶遮光的部分，叶片呈现黄色，见光的部分则是红色。明显的对比色告诉我，花色苷的形成是需要光照的。江边的"科考"还有一个小小发现：吃乌桕叶的虫子似乎是蛮有艺术细胞的。

见光的部分呈红色

虫子的艺术创作

　　乌桕是大戟科乌桕属植物，落叶乔木，高可达 15 米。《本草纲目》有记载乌桕"以乌喜食而得名"，也因此别名"鸦臼"。

　　乌桕不仅春秋季叶色变化多样，而且树干高大、叶形美观，因而有许多人会像辛弃疾那样"手种门前乌桕树"。

挂满种子的乌桕树

　　手种门前乌桕树，而今千尺苍苍。田园只是旧耕桑。杯盘风月夜，箫鼓子孙忙。七十五年无客，不妨两鬓如霜。绿窗划（chǎn）地调红妆。更从今日醉，三万六千场。

——〔宋〕辛弃疾《临江仙·手种门前乌桕树》

　　乌桕树在夏初会开花，花序是由多数小型聚伞花序集合成的，雌雄同株，花序一般是上部开雄花，下部开雌花。同一个花序内，雄花先熟，花序间花的成熟不同步，这样就能减少自交的概率，获得杂交优势。

乌桕花序

乌桕种子

乌桕树不仅具有多变的叶色、漂亮的花序，而且还拥有很有特色的种子。有没有觉得果皮脱落后存留在枝头的乌桕种子像白色的爆米花？这大概就是乌桕的英文名——popcorn tree（爆米花树）的来由吧。

当乌桕叶落尽后，满树的小白种子挂在枝头上，又是另一种美。黄镇成曾在诗里这样写道：

> 山谷苍烟薄，穿林白日斜。
>
> 崖崩迁客路，木落见人家。
>
> 野碓喧春水，山桥枕浅沙。
>
> 前村乌桕熟，疑是早梅花。
>
> ——〔元〕黄镇成《东阳道上》

其实，这被诗人疑为早梅花的种子，覆盖有白色的蜡质层，这层蜡被可以提取油脂。古人很早就开始利用乌桕种子上的蜡质，制作肥皂和蜡烛。正因为如此，乌桕又称中国蜡树（Chinese tallow tree）。

乌桕之美，四季更迭，诗意盎然。从陆游的秋思到黄镇成的冬日错觉，乌桕不仅是自然的风景，更是文化的瑰宝。想到此，我对乌桕的爱，又多了一分。

芭蕉丨窗前谁种芭蕉树

在学校打靶村南面的围墙边，种有几株芭蕉。午后，冬日暖阳透过芭蕉叶洒落到我的窗前，映得满窗碧绿，美不胜收。就像诗里所说的，展开的叶片仿佛铺开的画纸，只差王维在上面画图写诗了。

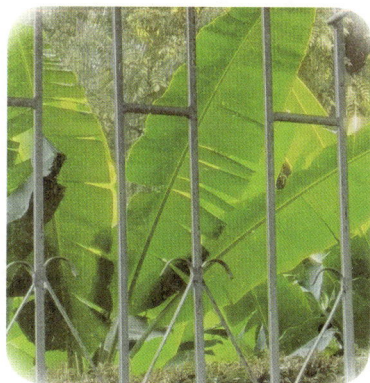

窗外的芭蕉叶

古人喜欢在庭院中种芭蕉。一方面是因为芭蕉生长很快，且叶片很大、植株很高，可以为庭院提供浓荫与绿意，使庭院看起来更加宽阔；另一方面，古人常将芭蕉与诗词歌赋联系在一起，院子里种上芭蕉，能增添一些诗情画意。

清朝文人蒋坦在回忆录《秋灯琐忆》里写到自己和心爱的妻子秋芙关于芭蕉的一段趣事：

"秋芙所种芭蕉，已叶大成荫，荫蔽帘幕。秋来雨风滴沥，枕上闻之，心与俱碎。一日，余戏题断句叶上云：'是谁多事种芭蕉？早也潇潇，晚也潇潇。'明日见叶上续书数行云：'是君心绪太无聊。种了芭蕉，又怨芭蕉。'字画柔媚，此秋芙戏笔也。"

在关于芭蕉的诗词里，常常出现"绿蜡"一词。

> 绿蜡一株才吐焰，
>
> 红绡半卷渐抽花。
>
> 窗前映月人无寐，
>
> 疑是银灯透碧纱。
>
> ——〔宋〕胡仲弓《芭蕉花》

诗里的"绿蜡"是什么？

记得《红楼梦》里描述元妃省亲时，说到元妃命弟弟妹妹们为大观园各处景色题诗。宝玉在描绘院中芭蕉时，写下了一句"绿玉春犹卷"，宝钗提醒他将"绿玉"改为"绿蜡"，并告知用典源于唐代钱翊咏芭蕉诗"冷烛无烟绿蜡干"。据此我知道了绿蜡代表芭蕉，但是不知道它为什么可以代表芭蕉。

绿蜡

直到那天午后，冬日暖阳把我的目光吸引到窗外，窗外的芭蕉吸引我来到它的面前，我终于明白了"绿蜡"是什么。

请看上图。刚刚从老根上萌生出来的芭蕉，叶子卷在一起不曾展开，是不是很像绿色的蜡烛呢？这就是"绿蜡"之名的来源。

再说诗里的"红绡"，又与芭蕉有什么关联呢？

红绡，意为红色的薄绸。不过，"红绡半卷渐抽花"里的"红绡"应与芭蕉相关，它指的是什么呢？

有一次，我去参加湖南省植物学年会，中场休息时，我与向阳两人一起看了看湖南师大生科

红绡

院的植物。在一棵芭蕉树下，我发现了地上的落红——芭蕉花的红色花苞。这应该就是诗里提到的"红绡"吧！这下，总算弄明白了"红绡"一词的来源。

拾完"红绡"，我又找到了芭蕉植株上面的花序，循着花序轴继续往上看，还看到了芭蕉果。

资料表明：芭蕉雌雄同株，花序顶生下垂；雄花生于花序上部，雌花生于花序下部。但我们在地上捡到的落花，似乎既有雄蕊，又有雌蕊。难道这就是传说中的发育不全、不能结果的中性花？

花序轴基部的小小芭蕉果，看起来瘦得皮包骨似的，因为太高，我们拍不清，也无法研究它里面到底有没有果肉。上周末，为了满足对芭蕉果与香蕉有什么区别的好奇心，我从网上下单买

花序轴与芭蕉果

199

了芭蕉果与香蕉来试味。芭蕉果的味道略带点酸涩，吃起来口感较硬些；而香蕉没有丝毫酸味，吃起来比较软糯。

李清照曾写过芭蕉：

> 窗前谁种芭蕉树，阴满中庭。阴满中庭。叶叶心心，舒卷有余情。
>
> 伤心枕上三更雨，点滴霖霪。点滴霖霪。愁损北人，不惯起来听。
>
> ——〔宋〕李清照《添字丑奴儿·窗前谁种芭蕉树》

我似乎从来没有见到过雨打芭蕉的情形，也不懂古人听到雨打芭蕉声所引起的愁或怨。不过，"芭蕉树"这一说法倒是引起我的注意。芭蕉能称作树吗？芭蕉不是树而是草呀。

别看芭蕉长得比较高大，其实它是一种芭蕉科芭蕉属的多年生草本植物。草本植物一般来说茎的木质化程度较低；而树一般指木本植物，比草本植物高大，茎的木质化程度高。有的人可能会想，草本植物茎中没有形成层，不能长得很粗、很高，为什么芭蕉却能长得那么高大呢？

支撑芭蕉直立往上生长的"茎"，其实不是真正的茎，而是由叶柄下部扩展成的叶鞘互相重叠包裹而成，所以被称为"假茎"。

照片中所示的是一株生长了多年的芭蕉的假茎基部切面，从中可以看到叶鞘一层一层地紧密包裹着，其正中心应该有一很短的茎，新生的叶片是从茎上生长出来的。

在进化的历程中，草本植物的出现要晚于木本植物，草本植物

芭蕉假茎切面

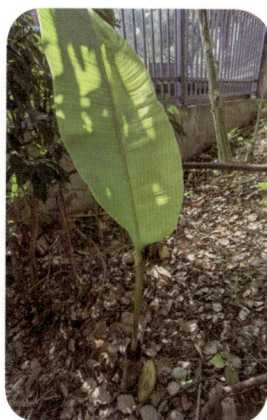

芭蕉新生叶

被认为是从木本植物进化而来的。

　　写到这里，我感到有些饥肠辘辘了。于是便撕开一枚芭蕉"安慰"一下我的胃。

　　这不由得令我产生一些联想：古人喜欢在庭院种芭蕉，是不是还因为它可以用来充饥呢？

鼠尾草丨秋花如义士

秋花如义士，荣悴相与同。

岂比轻薄花，四散随春风。

黄菊抱残枝，寂寞卧寒雨。

拒霜更可怜，和蒂浮烟浦。

古来结交意，正要共死生。

读我秋花诗，可代丹鸡盟。

——〔宋〕陆游《秋花叹》

天气越来越凉，夏花渐渐隐去，秋花陆续登场。

小区的花坛边上养了一些墨西哥鼠尾草，手机里存了它们的不少照片，最早的拍花日期是 9 月 9 日。现在已是 11 月底，仍有

墨西哥鼠尾草

鼠尾草在寒风中摇曳着那紫色花序，用手轻轻摸一摸，毛茸茸的，甚是可爱。

上周到上海学习，终于去了向往已久的辰山植物园。在鼠尾草

园区内，我与阳、娟逗留了至少一个小时。

有人可能会说，鼠尾草园区并不大，怎么就花了那么多时间呢？

不瞒您说，三个小伙伴被撒尔维亚（药用鼠尾草）神奇的"跷跷板"迷住了。我们童心大发，玩上了瘾、挪不开步。我们不仅自己玩，还教在园区参观的其他小朋友玩：先找到鼠尾草花里的一个"跷跷板"，用一根小草棍轻轻触碰"跷跷板"的一端，就可以看到它朝花冠内方向向上翻转，紧接着看到雄蕊会像投石器一样精准有力地弹出，将花粉洒到草棍上。

下次你遇见鼠尾草，不妨也试一试。找不到墨西哥鼠尾草或撒尔维亚，也可以找比较熟悉的一串红，它也是鼠尾草属的。

上面提到的"跷跷板"其实指的是鼠尾草的杠杆雄蕊。阿基米德曾说："给我一个支点，我就可以撬动整个地球。"昆虫对鼠尾草说："给我一点花蜜，我就给你们传粉。"鼠尾草架起了一个双杠后对昆虫说："来玩玩双杠吧，我就给你花蜜喝。"传粉昆虫与鼠尾草们经过"协商"，鼠尾草们进化出了一种特别巧妙的结构：杠杆雄蕊。

鼠尾草有很多种，属于唇形花科植物，花的结构非常精巧，花蜜深藏在花冠筒的基部。

鼠尾草有两对雄蕊，其中一对退化不育，被称为"退化雄蕊"，另一对雄蕊的花丝与伸长的药隔形成具有活动关节的杠杆状雄蕊结构。

雄蕊的花药和雌蕊的柱头都在花冠上唇的位置，雄蕊的花丝有一个特殊的踏板结构。花冠下唇好像一个停机坪，昆虫降落到下唇上后，将头部钻进花冠筒中去采蜜，便会触碰到杠杆雄蕊的机关，采蜜昆虫就像踩到了跷跷板的一头，跷跷板的另一头便带动花药扣到昆虫的背部，把花粉撒到昆虫身上。昆虫再到其他花朵采蜜时，就会把花粉带过去，从而帮鼠尾草完成异花传粉。

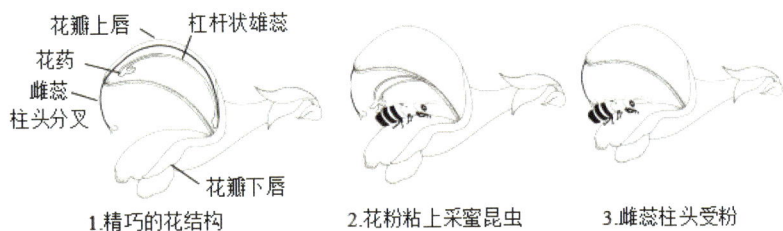

花瓣上唇　杠杆状雄蕊
花药
雌蕊
柱头分叉
花瓣下唇

1.精巧的花结构　　2.花粉粘上采蜜昆虫　　3.雌蕊柱头受粉

鼠尾草的传粉机制（绘图：鼓雨欣）

在观察与拍摄过程中，我发现墨西哥鼠尾草的叶子、花瓣和柱头等处都分布有许多绒毛。尤其是紫色的花萼，更是毛茸茸的，难怪它又叫紫绒鼠尾草。

鼠尾草要这些绒毛有什么用呢？

鼠尾草叶片上的绒毛可以帮

紫绒鼠尾草

助其减少损伤，如摩擦和紫外线照射等自然损伤。绒毛能够将叶片表面积缩小，从而减少水分蒸发，防止叶片干燥。此外，绒毛还可以减少害虫的附着，降低病虫害发生的概率。一些昆虫，如蜜蜂和蝴蝶等喜欢在这些绒毛上停留，从而帮助鼠尾草传播花粉。这些功能有助于鼠尾草在自然环境中生存和繁衍。

　　植物的智慧，真是无处不在。

　　人类的智慧与大自然相比，孰高孰低呢？

野牡丹 | 到处入林求野花

11月18日，我与阳、娟两人在辰山植物园逗留了一整天，在返回酒店的地铁上，我们一起翻看手机相册，非常开心地回顾这一天观花的成果。当翻到野牡丹科植物的照片时，我们发现了一个小秘密：野牡丹的雄蕊上竟然有个小"鱼钩"！几位花痴琢磨半天也没弄明白这些小鱼钩是什么，它们又是干什么用的呢？

不懂绝不装懂。我找到师兄——湖南师大生科院的黎维平教授，虚心向他请教。师兄第一时间回复了我们，并热心地进行了科普。

原来蒂牡花那弯弯的鱼钩竟然是雄蕊的披针形花药！真是大开眼界。

野牡丹的"小鱼钩"

　　仔细观察野牡丹，发现它们不仅具有带有弯钩的长雄蕊，而且还有一些短雄蕊，长雄蕊与短雄蕊结构与功能均不相同，是典型的异型雄蕊。

野牡丹科虎颜花

野牡丹科地菍

　　野牡丹为什么要长两种不同的雄蕊呢？与鼠尾草的杠杆雄蕊一样，异型雄蕊的形成是某些植物与传粉昆虫协同进化的结果。

　　异型雄蕊在植物的繁殖中承担不同的功能，可分为给食型雄蕊和传粉型雄蕊。不同类型雄蕊上的花粉，在大小、颜色、形状、外壁、活力等方面是有差异的，这些差异决定了有些花粉（如野牡丹短雄蕊的花粉）对传粉昆虫更有吸引力，有些花粉（如野牡丹长雄蕊的花粉）更适合用来繁殖。

　　传粉蜂在给食型雄蕊上采粉时，虫体的压力使长雄蕊（传粉型雄蕊）向内合拢，它们的花药靠近传粉者的躯体，花粉从花药顶孔弹出，并附着到传粉蜂的腹背两侧。当裹着一身花粉的访客起身造访下一朵野牡丹时，花粉便被传到了隐藏在长雄蕊中的雌蕊上。

　　具有同等智慧的植物还有许多，如紫薇、鸭跖草等。

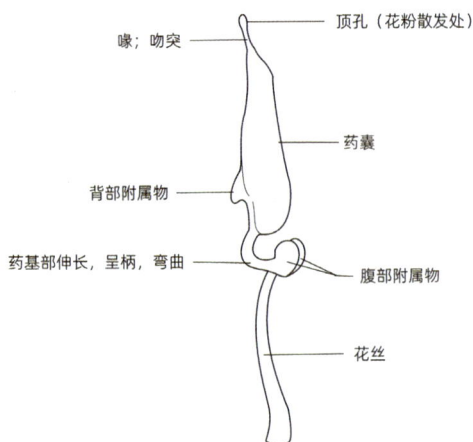

顶孔（花粉散发处）

喙；吻突

药囊

背部附属物

药基部伸长，呈柄，弯曲

腹部附属物

花丝

野牡丹的传粉型雄蕊（绘图：鼓雨欣）

野牡丹的传粉蜂的传粉方式常为蜂鸣传粉：蜂类飞近花朵，改变翅膀振动的频率，使花朵产生共振，从而把花药里面的花粉震出来。

野牡丹科植物的花药开裂方式为孔裂。蜂鸣传粉和孔裂可以较好地防止自花受粉，避免自交不亲和。当传粉蜂飞近野牡丹的花时，奋力扇动自己的翅膀，野牡丹与之共鸣，弹开自己的药孔，将花粉释放出来。琴瑟和鸣，植物与动物之间的配合竟然是如此默契！

每每亲近花草，总忍不住为植物的智慧所感动，为自然界中生物的生存法则所折服。

这大概也是我再忙再累也要抽出时间来记录自己观察与学习所得的动力吧。

薜荔 | 罔薜荔兮为帷

上周到插柳村，见到了多年没有见到过的石墙，以及石墙上攀爬着的一种藤本植物——薜荔（bì lì）。

薜荔在过去的小学语文课本里曾经出现过："千村薜荔人遗矢，万户萧疏鬼唱歌。"这句诗是伟大领袖毛泽东同志写的，讲的是中国消灭血吸虫病后的心情。

在古代文学作品中，薜荔最早见于《楚辞》。如《九歌·湘夫人》中"罔薜荔兮为帷，擗蕙櫋兮既张"，《九歌·山鬼》中"若

爬满薜荔的石墙

有人兮山之阿，被薜荔兮带女萝"，从诗句中我们看到，古代人们便会借用薜荔的藤本特性来方便自己的生活。比如，把薜荔编成帷帐、把薜荔披在身上进行装扮。

薜荔适应性强，耐贫瘠，野蛮生长于崖壁、大树以及残垣断壁、古桥和老宅等地方。古代文人常常用薜荔来营造寂寞、苍凉的氛围。下面这首柳宗元的诗便提到了薜荔。

城上高楼接大荒，海天愁思正茫茫。

惊风乱飐芙蓉水，密雨斜侵薜荔墙。

岭树重遮千里目，江流曲似九回肠。

共来百越文身地，犹自音书滞一乡。

——〔唐〕柳宗元《登柳州城楼寄漳汀封连四州》

薜荔的果子看起来很像无花果。因为薜荔与无花果一样，都是桑科榕属无花果亚属植物。

无花果并不是真的无花。薜荔是雌雄异株，具有隐头花序，花序轴肉质膨大而下凹成中空的球状体，凹陷的内壁上着生许多无梗的单性小花，顶端仅有一小孔与外面相通。它们的果子实际

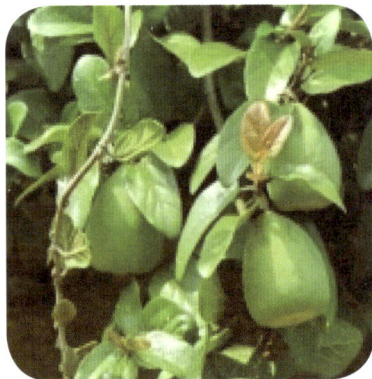

薜荔的无花果

上就是膨大的花序托，无花果应该叫隐花果才对。

有人可能好奇，一般植物要开花传粉后才能结果繁衍后代，而无花果把花深深地藏在里面，怎么受粉呢？

别急，它们有自己的独门传粉神器——榕小蜂。

薜荔有三种花：雌花、雄花和瘿花。瘿花生在雄花花托内，供薜荔榕小蜂繁殖所需之营养，不能结实。

薜荔的瘿花像孕育胚胎一样养育着薜荔榕小蜂，而寄居在瘿花中的薜荔榕小蜂幼虫羽化后，雄蜂找到雌蜂交配，完成其繁殖的使

命，雄花凋落，其中的雌蜂则钻出花托去寻觅新的繁衍栖息场所，大量的薜荔榕小蜂携带着雄花的花粉误入雌花中为薜荔传宗接代，只有少数薜荔榕小蜂进入瘿花中为自己的种族繁衍而奋斗。

薜荔与薜荔榕小蜂协同进化到如此相互依赖、彼此扶持的境地，不得不叹服大自然的神奇！

第四篇　一树梅花一放翁

白茅丨白茅纯束，有女如玉

刚开始读《诗经》时有些不明白，为什么白茅能够与爱情相关联。

那天下午，天气晴好，想到农大去拍红枫，出门后想起了前几天有人发出的忠告："现在的长沙人，一半在农大，一半在岳麓山，别去添堵了。"于是临时改变主意，把车开到了湘江边靳江段。打算晒晒太阳，顺便拍拍花花草草。

真是不虚此行。尽管银杏的黄叶已渐渐凋落，鸡爪槭的红叶也显得有些干枯，但草地上，那一丛丛的白茅，花开正好。

闪闪发光的白茅

冬日暖阳下，白茅兀自透着亮、发着光。微风吹来，白茅随风而动，像一群十八岁的少女，在绿色的草地上时而嬉戏、时而轻舞。这画面，让我有些痴迷，一个人蹲在草地上拍了半天。

此时，我才有些明白为什么那个英勇少年要用白茅包裹着自己打来的猎物，献给心爱的女子了。

我们先来读读诗里的句子吧。

> 野有死麇，白茅包之。有女怀春，吉士诱之。
>
> 林有朴樕，野有死鹿。白茅纯束，有女如玉。
>
> 舒而脱脱兮！无感我帨兮！无使尨也吠！
>
> ——《诗经·召南·野有死麇》

白茅同狗尾草一样也是禾本科植物，因叶形似矛，花穗上密生白色柔毛而得名。古代祭祀常用白茅包裹祭品，取其洁净之意。猎人用洁白的白茅包起射杀的麋鹿，以表达自己对自然馈赠的虔诚和对美丽纯洁恋人的爱恋。英勇少年与怀春少女两情相悦，是多么动人的画面。

茅（初生之茅）

《诗经》里白茅出现的频率较高，如《小雅·白华》里"白华菅兮，白茅束兮。之子之远，俾我独兮。英英白云，露彼菅茅"。《邶风·静女》"自牧归荑，洵美且异"中的荑（tí）即初生的白茅。在《卫风·硕人》里，诗人用"手如柔荑，肤如凝脂"来形容卫庄公夫人庄姜。

春秋时期，齐桓公想征伐楚国，找的借口居然是楚国没有贡茅："尔贡包茅不入，王祭不共，无以缩酒，寡人是征。"原来，由于古代酿酒工艺和材料都比较粗糙，酒液常常浑浊，需要过滤后再饮用。而白茅洁白且有独特香气，在当时公认为是滤酒的最佳选择。小小白茅，居然引发军事

甜甜的白茅根

争端，这对于现代人来说，着实难以想象。

我小时候也酿过一种用白米饭做的酒。甜酒液不会浑浊，自然也不用白茅来滤酒。很好奇古人是用白茅的哪一部分来滤酒的，如果用白茅根，倒是可以增加一点甜味。

白茅这一看似平凡的禾本科植物，在中药界有一定的地位，白茅根、白茅针、白茅花、茅草叶均可入药。而在《诗经》里，白茅被赋予了浓厚的情感色彩与文化寓意，成为古代人们表达爱意、敬畏自然以及进行社会交往的重要媒介。当我们漫步于自然之中，偶遇那一片片随风摇曳的白茅时，不妨放慢脚步，静心聆听它向我们讲述的古老故事。

葛 | 葛叶萋萋

葛之覃兮，施于中谷，维叶萋萋。

黄鸟于飞，集于灌木，其鸣喈喈。

葛之覃兮，施于中谷，维叶莫莫。

是刈（yì）是濩（huò），为絺（chī）为绤，服之无斁（yì）。

言告师氏，言告言归。薄污我私，

薄浣我衣。害浣害否，归宁父母。

——《诗经·周南·葛覃》

不得不佩服古诗人啊，随处可见、样貌平平的葛藤，被写得如此唯美与多情：蔓延在山谷中的葛藤是如此绵长啊，那繁茂的叶子一片青青。美丽的黄莺时而在山谷间飞起，时而轻轻降落在灌木丛中，叽叽喳喳和鸣欢唱。

爬满桂花树的葛藤

蔓延在山谷中的葛藤是如此绵长啊，成熟的叶子繁茂葱葱。我把葛藤割回来，烧煮剥丝织布，最后做成了美丽的衣裳，欢天喜地地穿在身上。亲爱的师傅，我不久就要回家去了。该洗不该洗的东西都打点清楚，洗完后我就要回家探望爹娘。

《诗经》中还有一首凄美的悼亡诗，也是以葛藤起兴：

> 葛生蒙楚，蔹蔓于野。予美亡此，谁与？独处。
>
> 葛生蒙棘，蔹蔓于域。予美亡此，谁与？独息。
>
> 角枕粲兮，锦衾烂兮。予美亡此，谁与？独旦。
>
> 夏之日，冬之夜。百岁之后，归于其居。
>
> 冬之夜，夏之日。百岁之后，归于其室。
>
> ——《诗经·唐风·葛生》

葛是多年生草质藤本，可长达 10 米以上，因而又名葛藤。有没有觉得它的花有点像豌豆花？对了，它也是豆科植物，具有三出羽状复叶，蝶形花冠，荚果。

正如《诗经》中所述，葛的藤蔓中富含纤维，可以用来织布，称为夏布。藤蔓也可以做鞋，称为"葛屦"。有诗为证：

葛的蝶形花

> 纠纠葛屦，可以履霜。掺掺女手，可以缝裳。要之襋之，好人服之。
>
> 好人提提，宛然左辟，佩其象揥。维是褊心，是以为刺。
>
> ——《诗经·魏风·葛屦》

据说葛根中富含葛根素、大豆黄酮苷、氨基酸等营养成分，而且还含有丰富的钙、铁、铜、硒等矿物质，不仅具有营养保健的功效，而且有一定的药用价值。我吃过煮熟的葛根，湘西美女晓红从老家带来的小吃，口感粉粉的，肯定富含淀粉。我也买过葛粉。有次回老家，七十来岁的堂兄说起很想念小时候吃过的葛根粉。回长沙后，找了几家超市，终于买到带了回去，老兄甚是欢喜。

说起来葛根全身是宝呢，怪不得古代劳动人民经常采葛：

> 彼采葛兮，一日不见，如三月兮！
>
> 彼采萧兮，一日不见，如三秋兮！
>
> 彼采艾兮，一日不见，如三岁兮！
>
> ——《诗经·王风·采葛》

不过，对葛藤，我是又爱又恨的。爱的是它不怕贫瘠干旱，兀自倔强生长的品性，恨的是它不管不顾，自私攀附的结果。

上周三，我在学校镕园发现几根葛藤伸出了小池边！顺藤摸葛，终于在靠近图书馆北墙边的一丛竹子旁，找到了它的出处。那里发出三条藤蔓，一条向北伸向小池旁，一条向东到了镕园的绿化丛中，还有一条顺着图书馆北墙向东延伸着。以前这里从未出现过葛藤，很是纳闷它的来源。小易师傅说，肯定是鸟类带来了它的种子。对哟，植物开花结果的目的是繁殖后代，动物取食植物的回报之一便是为植物传播种子。

悄悄入侵镕园的葛藤

　　我的内心有些纠结。葛藤"从天而降"本是好事，校园植物种类更加丰富了，可它要是蔓生开来的话，会破坏镕园的植被与景观呀。第二天，正当我犹豫着要不要向学校报告一下时，却发现那几根葛藤不见了。我再入"丛林"中，在一排绿植后面找到了小池边的那根被拔掉的葛藤，而其他几根还没有拔掉，兴许管理人员的心情也跟我一样吧。

　　自古以来，葛与人们的生活相关，有众多成语为证：冬裘夏葛、葛屦履霜、攀藤附葛、瓜葛相连、攀葛附藤、夏裘冬葛、攀藤揽葛、毫无瓜葛等。

　　葛藤不仅仅是《诗经》中流淌的诗意，更是人与自然互动历史中的一个缩影。它教会我们欣赏自然的野趣与生命力，同时也提醒我们在享受自然恩赐的同时，需怀揣敬畏之心，要适度管理与保护，以减少对人类生活和生态环境的不良影响。

木芙蓉｜水边无数木芙蓉

长沙的十一月，木芙蓉绝对是最受瞩目的。

桃子湖西畔的水池边，就长了一大片木芙蓉。生活小区的人工湖边，几株木芙蓉正灿灿地盛开。

岳麓山的木芙蓉

岳麓山的穿石湖边，也有几株木芙蓉在与岳麓山的红叶遥相竞美。

"暮霞照水，水边无数木芙蓉。晓来露湿轻红。十里锦丝步障，日转影重重。向楚天空迥，人立西风。夕阳道中。叹秋色、与愁浓。寂寞三千粉黛，临鉴妆慵。施朱太赤，空惆怅、教妾若为容。花易老、烟水无穷。"

南宋词人赵昂在《婆罗门引·暮霞照水》一词里，说宫里三千粉黛看了木芙蓉花，感到不好打扮了，不施朱不行，而施朱则"太赤"，不管怎样，总是打扮不出木芙蓉花的那种粉红来，屡经打扮而总不能与花比美，所以只有"妆慵"与"惆怅"了。

为了突出木芙蓉花的美，词人或许写得有些夸张了。仁者见仁，智者见智。

我倒是没觉得木芙蓉有多美，只是习惯性地看到花就喜欢，就忍不住要拍、拍、拍。有一天，玲突然问我：为什么木芙蓉一朵花中有几种不同的颜色？我想，可能是花青素变化的缘故。

由于光照强度和温度的变化，花瓣中不同部位的花青素浓度和酸碱度不同，花瓣便会呈现出不同的颜色，在清晨如雪白，中午变浅红，傍晚变成深红。花色一日三变，朝开暮落，又名"三醉芙蓉"。

一花多色

木芙蓉花的这种特点跟木槿花如出一辙。谁叫木芙蓉与木槿是"亲兄弟"呢，它们都是锦葵科木槿属植物。

长沙有如此多的木芙蓉，相传跟其自古盛植木芙蓉有关。谭用之曾在诗里写道：

> 湘上阴云锁梦魂，江边深夜舞刘琨。
>
> 秋风万里芙蓉国，暮雨千家薜荔村。
>
> 乡思不堪悲橘柚，旅游谁肯重王孙。
>
> 渔人相见不相问，长笛一声归岛门。
>
> ——〔唐末五代〕谭用之《秋宿湘江遇雨》

毛主席也曾作诗：

> 九嶷山上白云飞，帝子乘风下翠微。
>
> 斑竹一枝千滴泪，红霞万朵百重衣。
>
> 洞庭波涌连天雪，长岛人歌动地诗。
>
> 我欲因之梦寥廓，芙蓉国里尽朝晖。
>
> ——毛泽东《七律·答友人》

"秋风万里芙蓉国""芙蓉国里尽朝晖"中的"芙蓉国"是指芙蓉花到处盛开的地方，皆借指湖南省。

据传，因为谭用之"秋风万里芙蓉国"之句，湖南便有了"芙蓉国"之美称。芙蓉有水芙蓉（即荷花）与木芙蓉之别。《格物丛谈》里说，芙蓉之名二："出于水者，谓之水芙蓉，荷花是也。出于陆者，谓之木芙蓉，此花是也。此花丛高丈余，叶大盈尺，枝干交加，冬凋夏茂，及秋半始花，花时枝头蓓蕾，不计其数，朝开暮谢。后陆续颇与牡丹芍药相类。但牡丹芍药之花，不如是之多。"所以诗里的"芙蓉"指的是哪一种呢？

　　木芙蓉，又名拒霜花，得名于它花开晚秋，傲霜斗寒。它的品质和长沙人"吃得苦、霸得蛮"的精神何其相似啊。想到这里，我倒愿意相信，"芙蓉国"里的芙蓉便是木芙蓉了！

橘与枳丨后皇嘉树，橘徕服兮

下班回来，一个人在厨房炒个小菜配粥喝，嘴里无缘无故地哼出"后皇嘉树，橘徕服兮。受命不迁，生南国兮……"这几句歌词来。这是多少年前唱过的什么歌啊？定下神来一想，是香港老电影《屈原》的主题曲《橘颂》，高中时学的。放下锅铲到网上一搜，还真能找到歌曲简谱！

橘 颂

1 =D 4/4

屈原 作词

♩=72

```
6· 5  3 5  6 5  6  | 6 5 3 5  1 6  5  - | 3 3  2 5 3 2  3  |
后   皇 嘉 树，  橘 徕  服 兮     受 命  不    迁，

5  1 2  3 5 3  2  - | 3  3 2  3 5  1·  2 | 1 6 3  2 1 2 3  1 - |
生 南  国  兮     深  固 难  徙，   更 壹 志   兮

1 6 2  1  6 5 6 1  5 | 6 5  6 6 1 3  5  - | 5 1 2  3 2  3  - |
绿 叶  素  荣，  纷 其  可 喜 兮     嗟 尔  幼  志，

5  1 2  3 2  3  - | 5 6 1 6  2 3 2 1 6 | 5 6 1  2 3  5  - |
有 以  异  兮     年 岁 虽  少，   可 师 长  兮

6  6 5 1 7 6 - | 6  6 5 1 7 6 - | 3 1  6 5 6 1  2 | 3 3  2 1 2 1  1 - ‖
苏 世 独 立    横 而 不 流    秉 德 无  私    参 天 地  兮
```

歌词只是《橘颂》的部分节选，现将《橘颂》原文抄录如下：

后皇嘉树，橘徕服兮。受命不迁，生南国兮。

深固难徙，更壹志兮。绿叶素荣，纷其可喜兮。

曾枝剡棘，圆果抟兮。青黄杂糅，文章烂兮。

精色内白，类任道兮。纷缊宜修，姱而不丑兮。

嗟尔幼志，有以异兮。独立不迁，岂不可喜兮。

深固难徙，廓其无求兮。苏世独立，横而不流兮。

闭心自慎，终不失过兮。秉德无私，参天地兮。

愿岁并谢，与长友兮。淑离不淫，梗其有理兮。

年岁虽少，可师长兮。行比伯夷，置以为像兮。

——〔战国〕屈原《九章·橘颂》

这应该是我国最早的一篇咏橘诗，诗人托橘言志："嗟尔幼志、独立不迁、深固难徙、苏世独立、横而不流、闭心自慎、秉德无私、淑离不淫……"诗人怀抱远大志向，追求高尚人格，他的这种精神值得我们传承。

在文学作品中，橘常被用来象征高洁的人格。例如，唐代张九龄的《感遇十二首·其七》中，"江南有丹橘，经冬犹绿林。岂伊地势暖，自有岁寒心"，诗人借橘树的岁寒之心，比喻自己坚贞的品格和不屈的精神。

学校教工宿舍四栋的院子里，不知道是哪位前辈栽种了一棵橘树。这几年，每到秋天，树上便挂满了金黄色的橘子，很是养眼，也很诱人。闺蜜就住在这小院里，所以，我们年年会尝到这橘子的味道。真的是：前人栽树，后人不仅可以乘凉，还可以吃橘。

合作村的橘子红了

　　中学时读过晏子出使楚国的故事，记忆犹新。楚王为了羞辱晏子，故意安排手下在大家吃饭时绑了个齐国人从堂下经过，还高声大呼："下面绑的是什么人？""齐国人！""犯了什么罪？""盗窃罪！"晏子则机智地回答："婴闻之，橘生淮南则为橘，生于淮北则为枳，叶徒相似，其实味不同。所以然者何？水土异也，今民生长于齐不盗，入楚则盗，得无楚之水土使民善盗耶？"

　　在佩服晏子机智勇敢的同时，也不得不说，"橘生淮南则为橘，生于淮北则为枳"是个千年的误会。橘和枳都属于芸香科，但属于不同的属。橘树是常绿的，而枳则是落叶灌木。

枳花

橘花

227

植物恋上诗

枳在古代文学作品中的地位没有橘那么高，文人对它的描述也是褒贬不一。

> 有木秋不凋，青青在江北。谓为洞庭橘，美人自移植。
> 上受顾盼恩，下勤浇溉力。实成乃是枳，臭苦不堪食。
> 物有似是者，真伪何由识。美人默无言，对之长叹息。
> 中含害物意，外娇凌霜色。仍向枝叶间，潜生刺如棘。
>
> ——〔唐〕白居易《有木诗八首•其三》

白居易的这首诗通过描绘一种被移植的树木从常青到结果成枳的过程，表达了诗人对于事物真伪难辨以及美好与真实之间矛盾的深刻思考。

诗里描述的"臭苦不堪食"的枳，却是一味好中药。唐代诗人刘商《曲水寺枳实》曾写道："枳实绕僧房，攀枝置药囊。""潜生刺

枳 （2019年4月摄于桃林）

如棘"的枳，在古代乡下是很常见的绿篱。南宋诗人陆游晚年退居山阴，住的院子也是枳实篱院，他在《秋思绝句》中吟道："枳棘编篱昼掩门，桑麻遮路不知村。"

我老家屋子旁边就栽有一丛枳，是父亲生前栽来作绿篱用的。老屋空了二十年，所有的家具已经不见了。倒是屋旁的这枳篱，从来没有人照管，却长得特别好，原来只有齐膝高，现在怕是长得有2米以上的高度了。每年清明节，正好是枳开花的季节，我常常想，这也是父亲留给儿女们的一点念想吧。

枳是先开花后长叶的，而且浑身长满了刺，可能正因为如此，才被父亲选为绿篱用。感谢父亲种下的枳，让我知道了枳与橘的不同。

橘与枳，这对自然界的双生子，承载着深厚的人文情怀。屈原以橘喻志，彰显高洁；白居易则借枳反思真伪。父亲手植的枳篱，不仅是一道风景，更是连接记忆与现实的桥梁，启示我们于细微处见真章。

芦与荻丨葭菼揭揭

> 硕人其颀，衣锦褧（jiǒng）衣。齐侯之子，卫侯之妻，东宫之妹，邢侯之姨，谭公维私。
>
> 手如柔荑，肤如凝脂，领如蝤蛴（qiú qí），齿如瓠犀，螓首蛾眉，巧笑倩兮，美目盼兮。
>
> 硕人敖敖，说于农郊。四牡有骄，朱幩镳（biāo）镳，翟茀以朝。大夫夙退，无使君劳。
>
> 河水洋洋，北流活活。施罛濊（huò）濊，鳣鲔（zhān wěi）发发，葭菼揭揭。庶姜孽孽，庶士有朅。
>
> ——《诗经·卫风·硕人》

　　一起来想象一下齐庄公的女儿、卫庄公的妻子、文姜夫人出嫁的场面：在四匹高大雄马拉着的华车上，坐着一位风华绝代的姑娘，她手像春荑、肤如凝脂、颈似蝤蛴、齿若瓠子、额角丰满、眉毛细长。美人嫣然一笑动人心，秋波一转摄人魂。车队暂歇在黄河边，白茫茫的黄河之水浩浩荡荡北流入海。有人在河里捕鱼，下水渔网哗哗动，戏水鱼儿刷刷响。在河的两岸，长长的芦苇与荻花随风飘曳。美人、美景，旁观者看得如痴如醉。

　　与美人相映衬的，有"葭"与"菼"。"葭"（jiā）与"菼"

230

(tǎn) 为何物？"葭"与"菼"分别指芦苇和荻，芦苇和荻常生于水边、沼泽地、河岸湿地等湿润环境中。

　　一个周末，天气晴好，我和红约着去江边拍芦苇。从学校门口向东步行约 200 米到湘江边，大片大片的芦苇便呈现在我们眼前，很是壮观。时值正午，江边没有游人，不顾雨后的泥泞，我

湘江边的荻花

们下到河滩上，在那里一顿乱拍。突然，我心生疑虑，记得之前到江边采荠菜时我们也拍了些芦苇，但和眼前的芦苇一对比，之前拍的其实是荻花啊！可怜当时我们把荻花当芦花拍了两个小时。荻花与芦花长得有些相似，确实容易搞混。不过只要仔细观察，还是可以分辨的。

　　荻花色白，花序较柔常下垂，如左图；芦花色深，花序较硬稍下垂，如右图。

荻花　　　　　　　　　　　　　　　　芦花

　　荻的茎秆较硬，颜色较深，节间较短，而且上部茎秆是实心的，如下页左图；芦的茎秆较软，颜色偏黄，节间较长，茎秆是空心的，如下页右图。

荻茎　　　　　　　　　　　　　　　　芦茎

下图中高而色深的是芦苇，矮而色浅的是荻。

芦与荻

在很多古诗词里，荻花常常与秋天的萧瑟相关联。

荻花秋，潇湘夜，橘洲佳景如屏画。

碧烟中，明月下，小艇垂纶初罢。

水为乡，篷作舍，鱼羹稻饭常餐也。

酒盈杯，书满架，名利不将心挂。

——〔五代〕李珣《渔歌子·荻花秋》

在李珣的这首词里，荻花应该就是秋天的象征。

有时候，荻花渲染着一种离别情绪。

萧萧江上荻花秋，做弄许多愁。半竿落日，两行新雁，一叶扁舟。

惜分长怕君先去，直待醉时休。今宵眼底，明朝心上，后日眉头。

——〔宋〕贺铸《眼儿媚·萧萧江上荻花秋》

野草凄凄经雨碧，远山一抹晴云积。午睡觉来愁似织。

孤帆直，游丝绕梦飞无力。

古渡人家烟水隔，乡心缭乱垂杨陌。鸿雁自南人自北。

风萧瑟，荻花满地秋江白。

——〔清〕张渊懿《渔家傲·东昌道中》

湘江边的荻花

233

　　正所谓同样的景色，映在每个人眼中，却有着千差万别的感触。于我而言呢，看到的更多的是芦荻的摇曳之美。四野凋零之时，它们依旧保持着生机勃勃的姿态，无不令人赞叹。江边的荻花在向你招手，让我们一起去欣赏吧！

梅与蜡梅 | 摽有梅，其实七分

最近迷上了梅。心里想的总是梅，眼里看到的只有梅，与摄友谈的更是梅。几次辗冰踏雪去寻梅。有时想，我这思梅的心情，是不是跟《诗经·召南·摽有梅》中待嫁、盼嫁的女子那样急切呢？

傲雪红梅

摽有梅，其实七分。求我庶士，迨其吉兮。
摽有梅，其实三分。求我庶士，迨其今兮。
摽有梅，顷筐塈之。求我庶士，迨其谓之。

——《诗经·召南·摽有梅》

这首诗的大意是:

梅子熟了,落了,树上还留七成。有心娶我的小伙子,请快快来呀,不要耽误吉日。

梅子熟了,落了,枝头只剩三成。有心娶我的小伙子,今儿就是良辰,切莫再等待。

梅子熟了,落了,装满了一箩筐。有心娶我的小伙子,快快开口,莫待无花空枝。

诗中的梅,应该是果梅,为蔷薇科杏属植物,也称为青梅、梅子。公园里开放的梅多为观赏栽培种。梅花在叶萌发前开放,花香淡雅,正如王安石所述:"遥知不是雪,为有暗香来。"花瓣倒卵形,白色至粉红色,雄蕊短或稍长于花瓣。

校园里有两种被称为"梅"的花,一种是红梅,种在镕园,一种是蜡梅,种在琢园。尽管都带有梅字,但它俩却不是近亲。

红梅

红的是梅花,蔷薇科杏属植物。红梅与兰花、竹子、菊花一起列为"四君子",与松、竹并称为"岁寒三友"。

陆游曾作诗咏梅,怜惜梅花花开之寂寥,花落之凄美。

驿外断桥边，寂寞开无主。

已是黄昏独自愁，更著风和雨。

无意苦争春，一任群芳妒。

零落成泥碾作尘，只有香如故。

——〔宋〕陆游《卜算子·咏梅》

流水落花

黄的是蜡梅，蜡梅科蜡梅属植物，古称黄梅。蜡梅一名据说得之于苏东坡。

天工点酥作梅花，此有蜡梅禅老家。

蜜蜂采花作黄蜡，取蜡为花亦其物。

天工变化谁得知，我亦儿嬉作小诗。

君不见万松岭上黄千叶，玉蕊檀心两奇绝。

醉中不觉度千山，夜闻梅香失醉眠。

归来却梦寻花去，梦里花仙觅奇句。

此间风物属诗人，我老不饮当付君。

君行适吴我适越，笑指西湖作衣钵。

——〔宋〕苏轼《蜡梅一首赠赵景贶》

蜡梅

东坡居士以蜡梅为线索，通过描绘自然美景、禅意感悟以及梦境，展现了一幅幅生动而富有哲理的画面。

琢园里的科学楼前有几棵蜡梅树，每到冬日，阳光下的蜡梅花晶莹透亮，美得有些炫目。我曾在那里拍过一张照片，蜡梅树下，一位女生正在认真地学习，多美的一幅画呀。

蜡梅树下好读书

只可惜这张照片中的背景，怕是很难再现了。为了给新种的银杏腾出空间，琢园里那些含苞待放的蜡梅被剪了枝，被剪的蜡梅何时才能恢复元气？它们会不会受银杏的影响呢？不得而知。

不过，我可以确定的是：如果想要观赏蜡梅花，可到打靶村教工宿舍区，在 11 栋和 10 栋之间以及 10 栋的东侧，那里藏着几株蜡梅，正悄悄地开着，独自芬芳。

岁月如歌，那些曾在蜡梅树下读书、在红梅丛中驻足欣赏的少年，已各奔东西。而镕园与琢园，依旧静静地守候在那里，等待着下一批怀揣梦想的少年，来续写他们的故事。

枸骨与拐枣 | 南山有杞，南山有枸

南山有台，北山有莱。乐只君子，邦家之基。乐只君子，万寿无期。

南山有桑，北山有杨。乐只君子，邦家之光。乐只君子，万寿无疆。

南山有杞，北山有李。乐只君子，民之父母。乐只君子，德音不已。

南山有栲，北山有杻。乐只君子，遐不眉寿。乐只君子，德音是茂。

南山有枸，北山有楰。乐只君子，遐不黄耇。乐只君子，保艾尔后。

——《诗经·小雅·南山有台》

在这首诗里，诗人歌颂君子美德，表功祝寿。我则注意到了诗里的植物。南山有台、有桑、有杞、有栲、有枸。北山有莱、有杨、有李、有杻、有楰。这么多植物，真是激发了我的喜爱之情和好奇心。虽然好些植物如莱、杞、杻、枸、楰都不知道到底是现代的哪一种，那就一边查一边欣赏吧。

先说诗中的"杞"和"枸"。如果你想当然地以为"杞"是枸

杞、"枸"是枸骨，那就大错特错了。

据台湾学者潘富俊考证：杞在《诗经》中各指不同植物，除了杞柳、枸杞外，还包括枸骨。根据各注释家的意见，《小雅·南山有台》"南山有杞，北山有李"中的杞，应为枸骨。而"南山有枸"中的枸，是枳椇，也叫拐枣。

枸骨

枳椇

枸骨，冬青科冬青属植物。它还有许多别名，如猫儿刺、老虎刺、八角刺、鸟不宿、狗骨刺等。枸骨的花期通常在4月至5月，花朵呈黄绿色，具有淡淡的清香。

枸骨的叶形很奇特，叶边有刺，叶形似猫，因而叫猫儿刺。也许是因为它的刺让鸟儿也害怕，不敢在其上停留，故名鸟不宿吧。枸骨树上所结的红果子是非常吸引鸟儿的，但面对

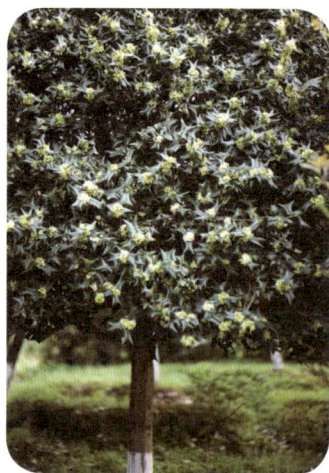

枸骨开花

枸骨那"张牙舞爪"的叶子，鸟儿却不敢停留，怕被那些叶片的尖刺刺伤，所以鸟儿们只敢捡拾掉在地上的果子吃。枸骨的叶子为什么会带刺呢？因为枸骨的果实里含有成熟的种子，枸骨要用刺来防止种子未熟时被鸟儿糟蹋。枸骨种子也应该有比较坚硬的种皮，防止鸟儿吃掉种子。枸骨为了传宗接代，真是费尽了心机。

枸骨还有一个洋名：Chinese holly，这个名字应该来源于它的近亲——欧洲冬青。欧洲冬青冬天会结出红红的果实，在欧洲一些国家，人们会用欧洲冬青来装饰圣诞花环。欧洲冬青的英文名叫holly，所以同样有着红红果实绿绿叶儿的中国枸骨被叫作Chinese holly。

枸骨无论是叶、果，还是花，都很耐看，这让枸骨这种原本长在山野里的野生灌木，成为了现在较为常见的园林观赏植物。附中校园洁齐亭那边，就有一棵枸骨，不过，我似乎没有见过它的果。

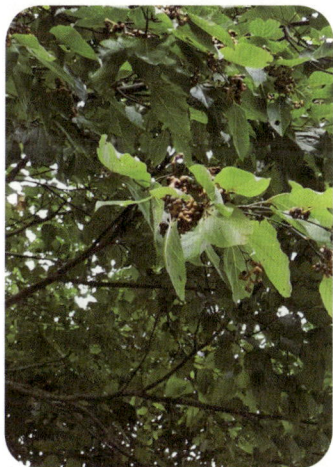

枳椇

枳椇，又名拐枣，鼠李科枳椇属高大乔木，高 10 ~ 25 米。

我曾在江西明月山景区偶遇过枳椇。记得当时一位旅客见了枳椇十分兴奋，说这叫鸡爪子，小时候经常吃。

朱熹在《诗集传》里提到过枳椇的美味："枸，枳椇。树高大似白杨，有子著枝端，大如指，长数寸，啖之甘美如饴，八月熟，亦名木蜜。"

不过，诗人"啖之甘美如饴"的可不是果哟，而是枳椇肉质花（果）序轴。其含有丰富的糖，民间常用以生食、酿酒、熬糖。据说用枳椇果实浸制的"拐枣酒"能治风湿。

相比于枸骨，枳椇的果实显得非常朴实无华。虽然枳椇果没有鲜艳的颜色招引鸟类，但它们有自己的独门秘籍：将花序轴发育成肉质甘甜的果序轴。当食物缺乏的冬季来临时，这些果序轴便从高大的树上跌落到地上，给那些饥饿的小动物供应粮食，而这些小动物的奔跑能力则可以帮它们远远地传播种子。

果序轴 —— 果实

拐枣果与果序轴

适者生存，在此可见一斑。

桑与麻 | 把酒话桑麻

前几天我自制了一瓶"桑葚葡萄酒",准确地说,它现在还是果汁状,因为刚装瓶不久,尚未发酵成酒。是不是看起来有点像黑暗料理呢?说实话,这是我第一次做"桑葚葡萄酒",能否成功,心里完全没底。一切都源于一个突发奇想。

桑葚葡萄酒

有天晚上到师大附近的水果店闲逛,发现居然还有桑葚卖,在好奇心的驱使下,我买了一小盒,顺便称了一串葡萄,因为这几天在教学生自制葡萄酒。回家洗桑葚时我便突发奇想,桑葚含糖量应该较高,色素含量也高,柔软易碎,会不会比葡萄更容易酿酒、酒色更好看呀?桑葚酒的味道又是怎样的呢?

心动不如行动,我立即清洗出一个空酸奶瓶,再将洗好的桑葚去除果梗放入瓶中,因为觉得桑葚不够甜,又加了两勺白糖,然后用勺子将桑葚捣碎。捣碎后发现桑葚量有些不够,又加入几

桑葚

243

颗葡萄进去，几经鼓捣便成了上图中的"黑暗料理"。

我对这瓶酒寄予了厚望，希望在半个月后的学生自制传统发酵食品的品鉴会上，它能够脱颖而出！到时候，师生们一起把酒话桑麻，岂不乐哉？想到这个场面，我咧着嘴乐呵了一个晚上。

桑葚是桑树的果实，桑树为荨麻目桑科植物，是我国最早栽培的树种之一。《诗经》中出现最多的植物，便是桑树了，风、雅、颂中均有。

在许多诗里，桑林是古代年轻人的爱情乐园。例如：

> 爰采唐矣，沬之乡矣。
>
> 云谁之思？美孟姜矣。
>
> 期我乎桑中，要我乎上宫，
>
> 送我乎淇之上矣。
>
> ——《诗经·鄘风·桑中》

> 隰桑有阿，其叶有难。既见君子，其乐如何。
>
> 隰桑有阿，其叶有沃。既见君子，云何不乐？
>
> 隰桑有阿，其叶有幽。既见君子，德音孔胶。
>
> 心乎爱矣，遐不谓矣？中心藏之，何日忘之！
>
> ——《诗经·小雅·隰桑》

彼汾一方，言采其桑。

彼其之子，美如英。

美如英，殊异乎公行。

——《诗经·魏风·汾沮洳》

"桑梓"一词，也是故乡的代称。

维桑与梓，必恭敬止。

靡瞻匪父，靡依匪母。

不属于毛，不离于里。

天之生我，我辰安在？

——《诗经·小雅·小弁》

说完桑，不得不提到麻。《诗经》中的麻有大麻、苎（zhù）麻和苘（qǐng）麻等，它们都是古代纤维用植物。

苎麻随处可见，当你走到附中校园的打靶村时，在东侧的围墙上便可见到苎麻。还有学校西门的围墙边、西门外通往化工学院的路旁等，都可找到它们的踪影。由于苎麻太不起眼，往往被我们视而不见，其实苎麻也有它的美。苎麻花白里透绿，当一束西斜的阳光打在它身上时，别提多美了。

苎麻花

人不可貌相，苎麻也不可小瞧。我国栽培苎麻的历史距今至少有四千七百年。苎麻是重要的纺织原料，有诗为证：

> 东门之池，可以沤麻。彼美淑姬，可与晤歌。
> 东门之池，可以沤纻。彼美淑姬，可与晤语。
> 东门之池，可以沤菅。彼美淑姬，可与晤言。
>
> ——《诗经·陈风·东门之池》

诗中的"麻、纻、菅"，即大麻、苎麻、芒草。沤麻、沤纻、沤菅，就是将这些纤维植物剥皮、水洗，使之自然发酵，达到部分脱胶的目的。苎麻经撕麻、沤麻、绩麻、络纱、牵梳、织造、漂染、踩光等繁复的工序后，便成了夏布。湖南省的浏阳夏布，还颇有些名气。

说完桑麻，还是说回我的"桑葚葡萄酒"吧。

学生和同事们自制的葡萄酒，欢快地释放着二氧化碳，慢慢地散发着酒香。而我那瓶桑葚葡萄酒不见一点动静。我心里有点着急，担心"桑葚葡萄酒"成不了酒，于是便找同事小黄老师讨了点葡萄酒汁倒进我的瓶中。不久后再看，它终于冒泡了！

有学生说曾经喝过桑葚酒，很好喝，甚至有学生说要先尝为快。看样子我得把这瓶"准"酒看紧了。分量有限事小，关键是怕没有成酒坏了人家的肚子，那就事大了。

秋葵与冬葵 | 青青园中葵

初识秋葵是在浏阳带学生进行农村生活体验时，当时几乎每天都有同一道菜——洋辣椒。洋辣椒一点也不辣，吃起来有些黏黏的。

后来才知道，洋辣椒就是秋葵。为什么浏阳人民把秋葵叫作洋辣椒呢？大概是两者的果实形状有些像吧。

洋辣椒（绿色）与红辣椒（红色）

除了果实长得有几分像之外，两者其实没有太多的关系。

秋葵是锦葵科一年生草本植物，而辣椒是茄科一年生或有限多年生植物。我一直认为辣椒是一年生的，因为菜园子里辣椒收割一茬后就要被拔掉，换种白菜、萝卜之类的蔬菜了。最近看到朋友的越冬辣椒，才知道辣椒确实可以多年生。

秋葵的花与果   江江的越冬辣椒

除秋葵外，冬葵也是餐桌上常见的菜肴。

农历正月初八，一个人重游望城的玉湖公园时，特地到公园边的一个菜园子去逛了逛，如愿与那里的冬葵重逢了。

那天阳光很好，菜地里有许多蓝色小花，但今天我眼中的主角是冬葵。

记得第一次见到冬葵花，是在一年前的春天，也是在玉湖公园，当时一株长得高高的冬葵的叶腋间，开了几朵紫白的小花，引起了我的注意。平时吃的都是冬葵的嫩叶和幼茎，还真没有见过冬葵花开的样子。

我们老家那边把冬葵叫作冬苋菜。其实冬葵跟苋菜扯不上什么关系，冬葵是锦葵科植物，苋菜是苋科植物。两者长得又不像，不知道老乡们为什么这样叫。

冬葵叶

冬葵花

　　古人诗词中常见"葵"，其中老幼皆知的当属下面这一首汉乐府诗。

青青园中葵，朝露待日晞。

阳春布德泽，万物生光辉。

常恐秋节至，焜黄华叶衰。

百川东到海，何时复西归？

少壮不努力，老大徒伤悲！

——《长歌行》

陆游也曾提到用"葵"做羹。

> 稆饭流匙滑，葵羹出釜香。
>
> 有时留野客，亦复饷邻墙。
>
> 老圃传占法，行僧遗药方。
>
> 未为全绝物，终胜利名场。
>
> ——〔宋〕陆游《即事》

司马光还观察到葵花有向着太阳开放的习性。

> 四月清和雨乍晴，南山当户转分明。
>
> 更无柳絮因风起，惟有葵花向日倾。
>
> ——〔宋〕司马光《客中初夏》

可别误会哟，古诗里的葵，不是向日葵。

依据有二：一是向日葵来自大洋彼岸的北美洲，大约在明朝万历年间才随西方传教士进入我国。二是并非只有向日葵才具有向光性，植物基本上都有向光性，不信的话你观察一下你家阳台上的花草树木，看看它们是不是总向窗外（光源方向）伸展。光是能量之源，植物向光生长便于获得更多的能量。

古诗里的葵，多是为数不多的我国原生蔬菜之一，即如今的冬葵。

《诗经》里也有以葵作为食物的记载。如《诗经·豳风·七月》中的"六月食郁及薁（yù），七月亨葵及菽。八月剥枣，十月获稻"。

令我迷惑的是诗里的"七月亨葵"。冬葵是在冬天或早春时节为人们提供食用的嫩叶，三月开花，六月左右结籽并老去。而诗里讲"七月亨葵"，难道是冬葵的生活习性发生了变化吗？抑或《诗经》里烹煮的葵不是冬葵而是其他的葵菜？想到这里，我联想到了秋葵，农历七月，正是可以吃秋葵的时节，诗里的葵会不会是秋葵呢？

可是，秋葵俗称洋辣椒，但凡带"洋"字的东西，一般都是舶来品。上网一搜，果不其然，秋葵是二十世纪从印度引进的植物，那它不可能是距今两千多年前的古人能吃到的呀。

也罢，不管古人在七月烹的是什么葵，反正是一种可以食用的蔬菜。说不定古人已经掌握类似于大棚种植的技术，也能在七月吃到冬葵呢。

胡枝子 | 原野胡枝子，承露芳华吐

这个秋天只登过两座山，一座是乌山，一座是桃花岭。

登乌山是我一个人去的。乌山是一个小众景点，山上几乎不见游人。原本打算爬到山顶的，但山路旁胡枝子黄黄的叶与扁扁的果在秋日阳光下兀自闪亮着，吸引了我的目光，也绊住了我的脚步。记得去年到乌山也没有登顶，那是因为山胡椒花留住了我。

胡枝子叶

登桃花岭是学校工会组织的活动。往年都是登岳麓山，今年改登桃花岭，所以对桃花岭不太熟悉。到达时不早不晚，早行的朋友已经下山，晚到的朋友我又等不及，于是又变成一个人的爬山活动了。

别人说桃花岭走一圈要不了多长时间，但我一个人爬了近一个半小时，走走停停，绊住我脚步的，除了山茶花，还是那胡枝子。

胡枝子为豆科胡枝子属直立灌木，三小叶羽状复叶，卵形叶片。蝶形花冠呈红紫色，在秋山黄褐色的背景衬托下显得格外醒目。

小小的略显扁平的荚果，在秋日朗照下，隐隐透出豆荚里的种子来。

胡枝子花

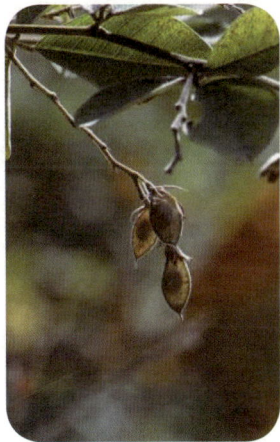

胡枝子果

秋野花盛开；

屈指数来，

有七种，可爱。（其一）

胡枝子、芒、葛这些花，

石竹、黄花龙芽，

尚有华泽兰、牵牛花。（其二）

——日本诗集《万叶集·山上忆良咏秋野花歌二首》

我翻遍《诗经》、《楚辞》、唐诗与宋词，没有找到关于胡枝子的只言片语，不知道是什么原因。

后来，从朋友那里得知，胡枝子广泛出现在日本诗歌和绘画中。比如，在日本有《诗经》之称的《万叶集》中，吟唱最多的植物就是胡枝子。于是，我便买了一本回来翻看。

这部《万叶集》有 863 页，4500 余首和歌。胡枝子在日本文学中有何种意义呢？

《万叶集》中涉及了 160 余种植物，多达 141 首咏胡枝子。

日本有"秋之七草"之说。日本人选择"萩、尾花、葛花、抚子花、女郎花、藤袴、朝颜"七种常见草花作为秋之代表花，而萩被列为七草之首。

萩（qiū），《现代汉语词典》（第 7 版）里的释义为"古书上说的一种蒿类植物"，在日本文学里指的是胡枝子。"人皆云，胡枝子即是秋；而我却说，秋在芒穗头。"萩，草字头，加一个秋字，意即一种秋天开花的植物。

> 郎发插上胡枝子；
> 为将露珠仔细瞧，
> 明月来相照。
>
> 胡枝子花将残；
> 不插发间饰，
> 难道，徒只还。
>
> ——《万叶集·郎发插上胡枝子》

"郎发插上胡枝子"，见到美丽的花朵，忍不住摘下一朵插在头上，现代人到了原野，也会情不自禁这样做吧。在《万叶集》

里，"郎发插上胡枝子"，表明男人也爱美，头上戴花似乎习以为常。

爱美之人不止在头上插花、插红叶，甚至还插稻穗。有歌为证：

> 红叶遭露霜；
> 折来与妹插头上，
> 以后，散落又何妨。
>
> 我播早稻穗，作发饰；
> 愿我阿哥，
> 边观赏，加回忆。

《万叶集》里恋歌很多，许多以胡枝子为载体，胡枝子花代表着相思与爱恋。

> 你若是，一朵红花；
> 我想，尽印在衣袖，
> 同行伴咱走。
>
> 冷丁想，现在见一面；
> 阿妹姿容，定是
> 娇柔胡枝子般。

怎能将君厌；

如同胡枝子初花，

一见心喜欢。

天降连雨，胡枝子凋零时；

独自深夜起，

夜多苦相思。

在秋山上穿行，看见美丽的胡枝子，想起《万叶集》中的这些
恋歌，不禁莞尔。

浮萍 | 池萍渍雨钱钱密

农历大年初一，小雨时断时续，洗心禅寺人气很旺，几口防火水缸里的浮萍长得更旺。

> 秋光浓拂使君家，尚去重阳五日赊。
> 且育好诗成素饮，更先诸客对黄花。
> 池萍渍雨钱钱密，塞雁书空字字斜。
> 但纵高吟开醉胆，莫惊摇落动悲嗟。
>
> ——〔宋〕韩琦《九月四日会安正堂》

池萍渍雨钱钱密

塞雁书空字字斜

近观浮萍，铜钱般的浮萍叶密密麻麻地浸泡在雨水之中，真佩服诗人观察之细致，用词之巧妙。很想采点浮萍回家养着，但因在寺院里，还是作罢。

浮萍是自然界中常见的水生植物，从古至今许多文学作品以它作为题材。其中最有名的，该是文天祥《过零丁洋》一诗中的"山河破碎风飘絮，身世浮沉雨打萍"。再如，曹植《浮萍篇》中的"浮萍寄清水，随风东西流"，杜甫《巴西驿亭观江涨，呈窦使君二首》中的"相看万里外，同是一浮萍"，等等。这些文学作品常常借浮萍来抒发颠沛流离、漂泊不定、无依无靠、无法自主、孤独寂寞等情感。

元代吴昌龄写浮萍："青萍一点微微发，万树千枝和根拔。"意为风起于青萍之末，开始非常细微，但渐刮渐大，最后能将树木连根拔起，与"千里之堤，溃于蚁穴"同义。

文学作品里描述的浮萍大多是无根的，如"浮萍本无根，非水将何依""泛泛江汉萍，飘荡永无根"。可我在洗心禅寺里拍到的浮萍却是有根的。

原来浮萍是单子叶植物天南星目下的一个科，植物体退化为叶状体，有的有根，有的无根。

有根浮萍

浮萍的繁殖能力很强，常以出芽方式进行繁殖。浮萍叶状体背面一侧具囊，新叶状体于囊内形成后浮出，以极短的细柄与母体相连，随后脱落。浮萍夏季开花，花长在叶状体的边缘，白色。果实无翅，近陀螺状。浮萍的花与果实可能是世界上最小的花与果实了，可惜难得一见。

二月底的时候，我在小区池塘的一个角落里发现了浮萍，采了点回来，想观察它的叶状体，但它们实在是太小了，我的"老花眼"根本看不清。

我用水养着这点浮萍，原以为它们会大量繁殖，一周后却发现杯中的浮萍越来越黄、越来越少了。难道它们要与其他生物共存才能长得更好？想到这里，我便将一些浮萍转入养吊兰的水杯中寄养。果不其然，寄养的浮萍幸存下来了，颜色也似乎转绿了，谢天谢地。

浮萍，这一自然界中的小小精灵，以其独特的生命形态与象征意义，让我们在欣赏自然之美的同时，感悟到生命的坚韧与不屈，思考着人生的意义与价值。

后 记

草木之路，幸有君同

　　合上这本《植物恋上诗》的书稿，指尖仿佛还沾着晨露的微凉，耳畔似有山风拂过林梢。这册小小的书，是十几载俯身泥土、仰望草木的微光凝结，而照亮这段孤独旅程的，是你们——亲爱的朋友与同路人。

　　那些并肩山野的时刻，是书页间最温暖的底色。

　　记得吗？在春意盎然的婺源田野里，我们一起用相机记录了桃花、李花与油菜花；在春寒料峭的松雅湖畔，我们深一脚浅一脚地跋涉，只为确认"参差荇菜"的模样；一次又一次，我们蹲在山路旁，为新发现的某株开花植物而惊喜；晨雾弥漫的山径上，是你们举着那"小马褂"叶，引我找到那片鹅掌楸林；"斌姐，这是不是你要找的荇菜啊？""斌姐，这些叶子好有对称美！""斌姐，这里有台湾独蒜兰！"……每一次泥泞中的搀扶，每一次发现时的欢呼，都化作书里草木纹理间不易察觉的暖意。这条草木寻访之路，因你们的足迹同行，才少了孤寂，多了踏实的回响。

那些拨开迷雾的指引，是草木世界的灯塔。

尤其要感谢我的植物分类学师傅们。当我举着形态模糊的照片求证时，是黎维平教授用精准的术语让我对野大豆、粉叶爬墙虎、野牡丹等植物有了更深入的了解；当我纠结于小叶女贞与小蜡树花的细微差异时，是易任远老师用简洁的语言让我豁然开朗；面对古籍中名称混乱的"榖"与"楮"，更是你们梳理文献，拨开我眼前的迷雾。你们以科学的严谨，为我的诗意观察校准了坐标。这份专业支撑，是本书得以立足的脊梁。

那些深夜屏幕前的守望，是暗夜行舟的桨声。

不会忘记，当某篇文章写到瓶颈，枯坐至夜深，是对话框里跳出一句："写得真好，我在等下一篇。"寥寥数字，如星火暖手；当一篇关于"木槿朝颜"的推送发出，是你们默默转发，附言："一朵花与一句诗的故事，值得被看见。"这点滴汇聚的鼓励与传播，是无声的拔举。你们以目光为柴薪，点燃了我坚持书写的微焰——原来，对草木与诗意的眷恋，并非独行者的呓语，而是无数心灵共鸣的弦歌。

这本书，若将其比作一株植物，它的根，深扎于我脚下的泥土；它的叶，伸展于诗人诗行间的雨露；它的茎，挺立于植物学家严谨的基石；而让它得以绽放的光与暖，正是你们所有人——专家以知识灌溉，友人用目光守护，同好以步履相伴。

草木无言，岁月留痕。谨以此书，献给所有曾为我指认一片叶、修正一个名、分享一朵花、点亮一行字的人。前路漫漫，草木依旧丰茂，诗心依旧跃动，愿我们继续同行于这有情天地，看科学之真与诗意之美，在叶脉间悄然相融。

致谢，以草木之名。

李尚斌
于 2025 年